위로하는 애벌레

위로하는 애벌레

1판 1쇄 펴냄 2022년 12월 15일
1판 2쇄 펴냄 2023년 10월 20일

글   이상권
그림 이단후

주간 김현숙 | 편집 김주희, 이나연
디자인 이현정, 전미혜
영업·제작 백국현 | 관리 오유나

펴낸곳 궁리출판 | 펴낸이 이갑수

등록 1999년 3월 29일 제300-2004-162호
주소 10881 경기도 파주시 회동길 325-12
전화 031-955-9818 | 팩스 031-955-9848
홈페이지 www.kungree.com
전자우편 kungree@kungree.com
페이스북 /kungreepress | 트위터 @kungreepress
인스타그램 /kungree_press

ISBN 978-89-5820-805-1   03810

이 책은 경기도 경기문화재단의 지원을 받아 발간되었습니다.
이 책은 해남 인송문학촌 토문재에서 최종 완성하였습니다.

위로하는
애벌레

한없이 낯선 세계가 우리에게 전하는

아주 오랜 지혜

이상권 글 | 이단후 그림

궁리
KungRee

작가의 말

환상적이면서도 수다스럽고, 그러면서도 영원 같은 애벌레의 침묵 속으로 여러분을 초대합니다. 어쩌면 즐거운 묵언수행이 될 수 있을지도 모릅니다.

이 글은 애벌레에 대한 서사시입니다. 철저하게 작가의 눈으로 애벌레의 운명을 노래하려 했다는 뜻입니다. 당연히 오감으로 느낀 감정이 글의 밑밥이 되었지만, 글을 이끌어가는 뼈대는 상상력이었습니다. 인간의 오감은 늘 한계가 있기 때문입니다. 애벌레라는 무한한 우주 속으로 들어서는 순간부터, 그들의 세상 구석구석을 순례할 수 있었던 것은 상상력이라는 마법이 있었기에 가능했습니다.

그래도 애벌레와 함께한 시간, 그 진실한 성찰은 황홀한 행복이었습니다. 인간의 욕망이 아닌 다른 생명체의 겸손함을 통해서 행복을 느끼다니, 그것만큼 고마운 해탈이 있을까요? 나는 그런 명상을 통해 그들의 낭만적인 건강함을 배웠습니다.

애벌레는 우리가 잃어버린 과거의 시간을 비롯하여, 미래의 시간까지도 다 안고서 살아갑니다. 저는 애벌레를 통해서 인간의 존재에 대한 근원적인 물음을 던져보고, 인간이 잃어버린 생명의 순수에 대해서 생각해봅니다.

애초부터 나는 인간이란 생태주의자가 될 수 없다는 생각으로 이 글을 시작했습니다. 인간의 역사를 보면, 그들은 근원적으로 생태주의자가 될 수 없다는 아픈 결론을 내릴 수밖에 없을 것입니다. 그러면서 애벌레를 주목하게 되었습니다. 애벌레들은 뼛속까지 생태주의자이니까요. 그들의 역사는 풀과 나무의 역사이기도 하고, 땅과 물의 역사이기도 하고, 바람과 햇볕의 역사이기도 하니까요. 그들은 고집스럽게 자신들의 전통을 지키면서도 늘 새로운 것을 받아들입니다. 그것이 지금까지 살아남은 비결입니다.

그들이 인간과 다른 것은, 자기들만 잘살겠다는 욕망을 내세우지 않는다는 것입니다. 자기들 위주로 역사를 바라보는 것이 아니라 풀과 나무, 바람과 땅, 물과 햇볕 그 모두의 눈으로 역사를 바라본다는 것입니다. 그러니 그들은 이미, 태초에 신이 만들어낸 그대로 성자(聖者)입니다.

나는 그런 삶을 조금도 과장하지 않고 그대로 들려주고 싶었습니다. 다만 내 언어가 부족하여, 그들의 무늬를 다 표현하지 못한 것이 아쉬울 따름입니다.

이 글을 쓰면서 잃어버린 작은 시간까지 하나하나 떠올리면서 나 자신에게 맞춰보고, 그 시간을 문질러보기도 하고, 되새겨보기도 하면서 남은 생을 어떻게 살아갈지 고민했습니다. 애벌레처럼만 살면 되겠구나! 정말 그런 결론에 도달했습니다.

이 글은 지난 30년간 작가로 살아오면서 품어온 고민의 흔적이라 할 수 있습니다. 새삼 걸어온 길을 뒤돌아보면서, 그동안 만났던 수많은 애벌레와의 시간이 큰 인연이었음을 깨달았습니다.

이 책은 그림을 공부한 딸과 함께 작업했습니다. 그래서 더욱 힘이 되었습니다. 어린 시절에는 나보다 애벌레랑 자유롭게 소통했던 그 아이의 시간을 떠올리면서, 말랑말랑한 자기 자신을 믿고 살아가는 애벌레를 예쁘게 그려준 딸에게 새삼 감사하고, 그 존재에 대한 응원을 보냅니다.

하늘이 유독 맑고 깊어서 그런 하늘을 보면서
살아간다는 것이 기적 같았던 2022년 가을,
이상권

애벌레 그림을 그리며

나는 형제가 없는데 아빠의 글을 읽으면서 이들이 내 형제 같
다고 느꼈다. 내가 이 책의 그림을 그렸기 때문도 아니고, 아빠
가 글을 써서도 아니고, 문장 문장에서 따뜻한 마음이 느껴졌
기 때문이다. 아빠는 나를 키우듯이 애벌레를 바라보는구나 싶
었다. 친구들이 애벌레를 키우는 걸 신기해하거나 징그럽다고
말할 때마다 "너희 부모님이 강아지 고양이 키우시는 것처럼
우리 엄마 아빠도 소중한 반려동물로 키우고 있는 거다!"라고
답해주었다. 그러면 친구들은 상황을 수습하려고 갑자기 좋은
말을 덧붙였다. "아 어쩐지 귀엽더라! 애벌레가 단후를 닮았네.
귀여워." 그런 얘기를 들으면서도 나는 애벌레가 내 형제이고
친구라는 생각은 하지 않았었는데, 이제야 느껴버린 거다.

어느 날은 실을 뿜어가며 한 시간 내내 집을 짓던 애벌레
의 모습을 지켜보았다. 그리고 그 애벌레가 나방이 된 모습을

보기까지 1주일밖에 걸리지 않았는데, 그 애가 자기 집에 들어가고 나서 난 아무것도 한 게 없는데도 마치 내 아이가 다 자란 모습을 보는 것처럼 가슴이 벅찼다. 작고 낯선 생명체의 성장이, 28살이 된 나에게는 엄청나게 신기하고, 아름다웠다. 살면서 느껴보지 못한 감정이었다.

이제는 애벌레가 다르게 느껴진다. 물론 아직도 애벌레가 꿈틀거리는 모습은 징그럽다. 그렇지만 애벌레의 친구로서 함께 살아온 마음이 푹 담긴 이 책을 읽다 보면 징그럽다는 표현이 미안하게 느껴진다. 집을 등에 업은 채 나무를 오르는 애벌레도 멋지고, 애벌레들의 단단한 마음씨도 탐이 난다. 애벌레를 거침없이 만지며 친구가 될 수 있었던 어린 시절의 단후로 돌아가고 싶다.

2022년 가을,

이단후

차례

1

천상의 색을 빚다

주홍박각시 애벌레

살아간다는 것은 저항하는 게 아니라 그냥 버티는 것이다.

살모사 닮은꼴 애벌레

산의 등뼈에 걸려 있는 붉은 해가 유독 지쳐 보이는 저물녘이다. "꺄악!" 갑자기 주말농장에서 비명이 메아리쳤다. '하늘바다'라는 닉네임을 가진 여자가 우리 밭으로 뛰어오더니 어처구니없게도 내 등 뒤로 숨었다. "뱀, 뱀, 뱀, 뱀이 있어요! 저기, 봉숭아밭 근처 돌 밑에 있어요!" 하늘바다는 자기 몸속에서 해일처럼 끓고 있는 떨림을, 내 심장까지 전달시키는 능력자였다. 나도 모르게 긴장했다.

　40대 중반인 하늘바다는 열 평 남짓한 밭 절반을 꽃밭으로 할애하여 국적을 알 수 없는 온갖 꽃들을 살게 했는데, 내가 유일하게 아는 체하면서 눈인사를 나누는 것은 토종 봉숭아였다. 나머지 땅에서 사는 농작물 역시 푸릇푸릇 토실토실 제법 상태가 훌륭했다. 아침부터 저녁까지 농장에서 살다시피 했으니, 아무리 하늘바다가 농사에 문외한이라고 해도 어찌 보면 당연한 결과다. 그런데도 하늘바다에 대한 평은 인색했다. 주말 농장에 와서도 주변 사람들에게 살갑게 인사하는 법이 없었고, 커피 한 잔 나눠 먹지 않았으니 누가 후한 평을 하겠는가. 그런 존재였으니, 나도 부담스러웠다.

하늘바다는 꽃밭의 경계로 둥글둥글 돌멩이들을 불러들여 예쁘게 꾸며놓았다. 그 꽃밭 앞에 몇몇 사람들이 모여 있었다. "진짜 살모사다!" "에이, 뱀이 아니라 벌레잖아!" 영락없이 살모사처럼 생긴 애벌레 세 마리가 들추어낸 돌멩이 밑에서 고물고물 살을 비비고 있었다.

하늘바다는 휴대전화를 끄집어내기는 했으나 여진처럼 심한 손 떨림 탓에 사진조차 찍지 못했다. 그러고는 구원을 요청하듯 간절한 눈빛으로 사람들을 쳐다보았다. "모기 잡을 때 쓰는 약을 뿌리면, 저 애벌레도 죽을 겁니다." 누군가 제법 확신에 찬 말을 뱉었다. 하늘바다는 아무리 그렇다고 어찌 살아 있는 생명을 살충제로 죽일 수가 있냐고 고개를 흔들었다. "그래, 잘났다! 잘났어!" 주위에서 서성거리던 사람들이 눈살을 찌푸리면서 돌아섰다. 나도 엉거주춤 돌아서다가 애벌레들이 봉숭아를 먹고 사는 것 같으니까, 그것만 치우면 벌레들이 자연스럽게 사라질 거라고 조언했다. 이번에도 하늘바다는 고개를 흔들어댔다. 봉숭아가 이제야 청춘인데 어떻게 없앨 수 있냐고. 그러면서 하늘바다는 오늘따라 무겁게 짓누르는 산그늘을 지고 타박타박 주말농장을 질러갔다.

뱀과 달의 무늬를 새기다

하늘바다가 사라지고 나서야 다시 애벌레들 쪽으로 갔다. 머리 쪽에 또렷한 뱀눈 문신이 눈을 서늘하게 하였으나 삐죽하게 솟아오른 꼬리를 보자 순한 박각시 애벌레가 떠올랐다. 그런 생각을 하자 뱀눈 문신이 보름달처럼 보였다. 만삭의 보름달 문신은 애벌레의 몸 뒤쪽으로 갈수록 희미해졌다. 어쩌면 그들은 달을 신으로 모시는지도 모른다. 그러니까 저렇게 자기 몸속에다 달을 키우고 사는 것이다.

나는 다른 돌을 들추어내다가 다시금 깜짝 놀랐다. 거기에도 애벌레가 뒹굴고 있었다. 살모사는 돌을 좋아한다. 지난달이었던가. 늦은 저녁에 이웃집 쌍둥이 아빠한테 전화가 왔다. 연못가에서 뱀이 나왔다고 하면서 집으로 좀 와달라고 했다. 그

집 마당 가에 있는 연못으로 갔더니, 어리디어린 살모사들이 돌 밑에서 겁에 질려 오돌오돌 떨고 있었다. 나는 어린 것들을 달래면서 숲 깊은 곳에다 바래다주었다. 그런 기억을 떠올리면서 녀석들에게 속삭였다. "어쩌면 돌을 좋아하는 것까지 닮았냐?" 내 말을 들었는지 그중 한 놈이 다른 돌멩이 밑으로 파고들었다.

그날 후로 하늘바다는 농장에 와도 자기네 밭에는 가지 않았다. 그냥 멀리서 쳐다만 보고 돌아섰다. 그 틈을 노린 잡초들이, 그동안 하늘바다에게 당한 것을 화풀이하듯이 일제히 몰려나와서 농작물들의 성장을 방해하는데도 그녀는 어쩔 수 없다는 표정만 지었을 뿐이다. 그렇게 농사를 포기해버렸다.

예상대로 그놈은 박각시의 한 부족인 주홍박각시 나방의 애벌레였다. 녀석은 봉숭아와 달맞이꽃을 주식으로 하고, 살모

사 닮은 외모 때문에 애벌레에 대한 혐오감을 주는 대표적인
놈이었다.

푸른 애벌레의 밥

그로부터 1주일이 지났다. 우리 집 2층 방에서 푸른 애벌레하
고 마주쳤다. 크기가 아이들 새끼손톱만큼이나 작았다. 먼지가
버무려진 낡은 거미줄을 뒤집어쓰고 있는 꼬락서니를 볼진대
밤새 2층 내 책방을 구석구석 헤매고 다닌 모양이다. 도대체 어
디서 왔을까. 하도 낯가림이 심해서 살짝 건드리기만 해도 고
개를 처박은 채 움직이지 않는다.

　2층에는 애벌레를 키우는 방이 있다. 그곳으로 녀석을 데
려간 다음 온갖 풀을 뜯어다 주었다. 애벌레가 어디서 왔는지
추적하기 위해서는 무슨 풀을 먹는지 알아내야만 한다. 그것만
알아내면 벌레의 존재적 비밀도 풀어낼 수 있다. 애벌레는 이
풀 저 풀 냄새를 맡기는 해도 무엇 하나 입에 대지 않는다.

　나는 한숨을 내뱉다가 베란다에 있는 봉숭아 화분을 보았
다. 혹시나 하고 애벌레를 화분에다 올려놓았더니, 대뜸 줄기를
타고 올라가서 길쭉한 이파리 밑에 자리를 잡는 게 아닌가. 아,
봉숭아를 먹고 사는구나! 나는 화분을 애벌레의 방으로 들여놓

고 숨을 죽였다. 그렇게 한 시간이 흘렀다. 낯선 분위기가 익숙해지려면 그 정도 시간은 필요하다. 그제야 녀석은 주위를 두리번거리다가 봉숭아 잎으로 허겁지겁 배를 채운다.

"어쩌면 넌, 먼먼 옛날에 맥이라는 동물이랑 조상이 같았을지도 몰라." 나는 봉숭아 잎을 갉아 먹는 애벌레 옆에 쪼그려 앉아서 종알종알 말을 걸었다. 애벌레의 입은 눈에 보이지 않을 만큼 작은 데다가 머리 쪽 살 속에 완벽하게 숨겨져 있어서 그것을 찾아내기란 쉽지 않다. 봉숭아 잎을 먹을 때만 저 남미 안데스 산맥에 사는 맥의 코처럼 가늘고 길쭉한 주둥이를 내밀었다. 그 끝에 입과 세 쌍의 작은 앞발이 달려 있다. 입은 작아도 자동기계가 장착된 것처럼 턱 운동이 빨라서 봉숭아 잎 하나를 뚝딱 먹어 치운다. 그렇게 빨리 턱 운동을 하는 애벌레는 본 적이 없다.

왜 그렇게 작은 입을 선택했을까. 나는 푸른 애벌레의 역사를 상상하려고 애를 썼으나 문서 하나 남기지 않은 그 종족의 서사를 추적하기란 거의 불가능한 일이었다. 애벌레의 몸에는 온갖 기호학적인 문신들이 뿌리박고 있다. 혹시 그런 것들이 그 종족의 신화가 응축된 상형 문자 아닐까.

애벌레는 전혀 소리 내지 않고 음식을 먹는다. 공업용 미싱 수준으로 턱을 움직이는데도 아무런 소음이 없었다. 작은 입의 비밀은 소리 없음이다. 그 벌레는 소리 없이 먹기 위해서 작은 입을 설계했고, 대신 상상을 초월하는 속도로 구경이 작은 한계를 극복했다. 아무래도 소리가 나면 새나 기생벌에게 포착될 가능성이 그만큼 커질 테니까. 아마도 질긴 나무 이파리를 주식으로 삼았다면 소리 없이 먹는다는 것이 불가능했으리라. 그 애벌레는 정략적으로 봉숭아 잎을 주식으로 삼은 셈이다. 봉숭아 잎은 수분이 풍족하고 부드러워서 빠르게 씹어도 소리가 나지 않고, 급하게 위장으로 밀어 넣어도 소화를 시키기에 부담스럽지 않으니까.

피가 흐르는 옷

이렇게 새로운 애벌레가 집으로 들어오면 마음이 풍요롭고 든든해진다. 두세 종 정도만 키우기 때문에 애벌레의 방은 복잡하지 않다. 앉아서 차를 마실 수 있도록 의자와 테이블이 있고, 나머지 공간은 일정하게 경계를 만들어서 애벌레가 살 수 있도록 해주었다. 어지간해서는 애벌레를 가두지 않는다. 그래야 같은 공간에서 같이 살아갈 수 있다. 나는 애벌레를 키우는 게 목적이 아니다. 같이 살아가는 법을 배우려고 할 뿐이다. 그곳에는 화분도 있고, 물병이 있고, 나무상자도 있다. 덩굴은 벽에 매달리도록 배려하였고, 나무는 깊은 물병에다 꽂아서 푸르름을 지탱하도록 하였고, 미라가 되는 애벌레들은 어두운 나무상자 안으로 모신다.

애벌레 방으로 들어온 지 5일째 되는 날, 그 푸른 애벌레는 줄기에 거꾸로 매달린 채 단식을 하였다. 입고 있는 옷이 작아져서 더 크고 넉넉한 치수로 갈아입을 때가 된 것이다. 이렇게 새 옷을 갈아입는 행위가 애벌레들에게는 성인식이다. 은근히 기대되었다. 어떻게 달라질까. 애벌레는 그런 성인식을 통해서 상상조차 할 수 없게 변신한다.

애벌레는 살아 있는 옷을 입고 있다. 애벌레의 옷에는 피가 흐른다. 그 옷은 몸을 지켜주는 보호막이고, 체형을 지탱해주는 뼈대이고, 세상 모든 것들하고 만나는 경계다. 날카로운 가시가 파고들면 푹 움츠러들면서 그 서슬을 피하고, 무거운 돌에 눌리면 온몸이 납작해지면서 그 무게를 이겨내니까 돌보다 가시보다 더 강하다. 그 물렁물렁함을 보호해주는 옷은 애벌레가 일정하게 자라게 되면 몸에 꽉 조여 성장을 방해하니까 반드시 새 옷으로 갈아입어야 한다. 그러니 피의 흐름을 끊고 헌 옷을 벗어내기까지는 고통스러운 시간을 견디어내야만 한다. 이 녀석은 꼬박 이틀을 아무것도 먹지 않았다. 애벌레들은 이런 식으로 성인식을 치른다. 그래야 살아갈 수 있으니까. 성장이란 이토록 고통스러운 침묵의 시간이다.

다음 날, 애벌레는 거꾸로 매달린 채 머리 쪽에서부터 헌 옷을 벗어냈다. 뒷발에다 모든 무게를 걸어놓고는 중력의 도움으로 헌 옷을 벗는 데도 꼬박 반나절이 넘게 걸렸다. 벗어놓은 헌 옷 꾸러미는 투명했다. 애벌레는 새로운 힘이 충전될 때까지 기다렸다가 이윽고 자세를 바꾸어 그것을 다 먹어 치웠다.

애벌레의 몸이 별로 달라지지 않아 실망스러웠는데, 밤이 깊어가고 시간이 흐를수록 조금씩 마법의 효과가 나타나고 있었다. 몸에서 자라는 상형 문자들이 더욱 또렷해졌다. 연초록 빛 옷이 갈색으로 바뀌더니 어느새 살모사 패션으로 바뀌어 있었다. 놀랍게도 주말농장에서 하늘바다를 놀라게 한 바로 주홍박각시 족이었다. 애벌레는 앳된 표정이 사라졌고, 이제는 제법 나이 든 어른의 얼굴이었다.

나는 주홍박각시 애벌레의 매력에 푹 빠져버렸다. 지방 출장을 갈 때도 내내 녀석만 떠올렸다. 길을 가다가 봉숭아만 만나면 멈춰서는 버릇까지 따라 하고 있었다.

애벌레는 소리 언어를 사용하지 않는다

주홍박각시 애벌레의 생은 인간들보다 훨씬 여유롭다. 태양이

눈을 뜨면 애벌레는 잠자리에 들었다가, 태양이 고단한 몸을 이끌고 귀가할 무렵이면 출근 준비를 한다. 일터는 정해져 있지 않다. 이곳저곳 자유롭게 봉숭아를 찾아다닌다. 애벌레가 출근할 때는 갈색 체형이 땅거미에 묻혀 잘 보이지 않는다. 그들이 살모사 패션을 선호하는 이유도 여기에 있다. 모험심이 강한 것들은 제법 먼 거리까지 봉숭아를 찾아다니는데, 무시무시한 찻길을 겁 없이 지나다가 로드킬을 당하기도 한다. 만약 고양이라도 만나면 보름달 모양의 문양을 더욱 부풀리면서 깡다구 있게 상체를 흔들어댄다. 순간 고양이도 놀라면서 뒷걸음질 친다. 그들의 변신은 이렇게 완벽하다. 애벌레에게 일이란 먹는 행위이다. 한동안 일을 하고 나면 반드시 휴식 시간을 갖는다. 충분하게 쉬어주어야만 일이 즐겁고 노동의 생산성이 높아진다는 것을 애벌레는 잘 알고 있다.

까만 비구름이 몰려오자 애벌레 방에 있던 봉숭아 화분을 베란다로 내놓았다. 예상대로 소나기가 요란하게 굿판을 벌이면서 지나갔다. 다음 날 우연히 화분 밑에다 놓았던 받침 그릇을 보았다. 놀랍게도 받침 그릇에 잠긴 물이 노을빛으로 물들어 있었다. 그 안에 애벌레의 똥 몇 개가 잠겨 있다. 봉숭아의 진실이 똥을 통해서 드러나는 순간이다. 애벌레는 봉숭아 잎만 먹고 배설물을 통해서 봉숭아의 근원적인 색깔을 우려낸다. 그것이 푸른 봉숭아의 심장에 숨겨진 진짜 색깔이다. 그렇게 애벌레는 살아가는 것을 그대로 보여주니까 굳이 다른 말을 할 필요가 없다. 이럴 때 언어가 무능해짐을 느낀다. 그래서 애벌레는 굳이 소리의 언어를 쓰지 않는다. 새롭게 돋아나는 이파리, 새롭게 피어나는 꽃잎, 새롭게 맺히는 열매, 그 모든 것들이 살아 있는 언어다. 애벌레는 그렇게 살아 있는 언어를 온몸으로 듣고 온몸으로 말한다.

살모사 패션으로 살아가는 주홍박각시 애벌레는 하루가 다르게 몸이 커지고 피부가 탱탱해진다. 성인식을 마치고 이틀 만에 거의 세 배 이상 몸이 커졌다. 애벌레가 먹는 봉숭아 잎은 수분 덩어리다. 게다가 오줌도 싸지 않고 땀 한 방울 흘리지 않으니 풍선에 물이 채워지듯 몸이 팽창하는 건 당연한 결과다. 새 옷은 수분 한 방울 새지 않는 완벽한 방수복이다. 애벌레의 피부가 탱탱해지면서 진갈색이 밝은 갈색으로 변해간다.

나는 피부가 까만 편인 데다가 깡마른 체형이라 얼굴이 더 어둡게 보인다. 그런 외모 때문에 사춘기 때부터 살이 찌기를 얼마나 기도했는지 모른다. 얼굴에 살이 오르면 까만 피부가 환해지는 법칙을 알았지만 아무리 노력해도 살이 오르지 않았다. 새삼 그런 기억을 곱씹으면서 애벌레의 부드러운 갈색 얼굴을 내려다본다. 애벌레는 표정이 밝아지면서 사색하는 시간을 즐겼다.

그러던 어느 날, 다시금 줄기에 매달려서 단식에 들어갔다. 지금까지 살아온 힘으로, 그 정직한 눈으로 세상을 내려다보면서 살아온 날들을 돌아다보았다. 그러자 이상하게도 몸속에서 맑은 무늬들이 반짝거리고 자꾸만 몸이 들뜨면서 어디론가 떠나고 싶어졌다. 날밤을 새운 애벌레는 태양이 눈을 뜰 무렵 땅으로 내려와서 방랑자처럼 걷다가, 어떤 깨달음을 얻은 듯 촉촉한 낙엽 밑으로 사라진다.

시간의 주름이 새겨진 미라

주홍박각시 애벌레는 낙엽 사이를 비집고 들어가서 집터를 닦는다. 마른 낙엽, 어느 정도 썩은 낙엽, 잔뿌리들을 모아 모아서 제법 크게 꾸러미를 만든다. 그런 다음, 꾸러미 속에서 실을 뽑아 타원형의 폭신폭신한 방을 꾸미고 편안하게 몸을 눕힌다. 세상의 모든 언어가 따라오지 못하는 곳에 와서야, 애벌레는 불안전하고 약한 자신의 존재가 자랑스러워졌다. 이미 몸속 배설물을 다 짜낸 상태라서 육신의 무게도 느껴지지 않는다. 더이상 버릴 것이 없는 아주 가벼워진 것들은, 비로소 어떤 영원함을 느낀다. 그의 조상들이 그랬듯이, 애벌레는 미라로 변하는 주문을 천천히 읊조린다. 죽어서야 미라가 되는 인간하고 달리 그들의 미라는 살아 있으며, 새로운 환생을 위한 마법의 시간이 이생에서 시작된다.

인간은 그것을 번데기라고 부른다.

어둠으로 새로운 형체를 빚어내는 마법, 어떤 인간의 과학으로도 풀 수 없을 만큼 신비로운 것들이 그 안에서 새로운 시간을 만들어낸다. 몸은 서두르지 않는다. 그러나 잠시도 멈춤이 없이 미라로 변해간다. 비밀스럽고도 아름다운 의식이다. 한동안 움직이지 않고 침묵의 시간을 갖는다는 것. 어쩌면 뇌를 가진 동물들에게는 그런 과정이 꼭 필요할지도 모른다. 그래서 인간들도 깨달음을 얻기 위해서 침묵하는 법을 터득하려고 하지 않는가. 애벌레는 1주일 만에 쭈글쭈글 시간의 주름이 깊게 깊게 새겨진 완벽한 미라로 변신했다.

피가 흐르는 미라, 그것은 내면에서 살아가는 영적인 삶이다. 미라의 내면에서는 끊임없이 시간이 흘러간다. 천천히 새로운 목숨을 설계하여 탄생하는 과정을 거치는 것이다. 단순하게 헌 옷을 벗어 던지고 몸 색깔을 바꾸는 차원이 아니다. 새로운 환생을 꿈꾼다. 그러기 위해서는 미라가 되어 새로운 목숨을 기원하는 과정을 필수적으로 거쳐야 한다. 과정을 무시하고 환생이라는 결과를 얻을 수 없다. 미라의 기도가 1년 정도 이어지기도 하고, 몇 개월, 며칠… 각자 절대적인 시간이 필요하다. 그러니까 애벌레로 살아온 시간보다 훨씬 길 수도 있다.

미라는 잠들어 있는 것이 아니라 자기만의 삶을 살고 있다. 나는 새로운 환생의 전초기지인 미라 집을 보면서, 나도 모르게 그런 곳에서 잠들고 싶다고 얼마나 중얼거렸는지 모른다.

연분홍의 경건함

밤낮이 스무 번 정도 바뀌자 미라가 꿈틀거린다. 캄캄한 어둠 속에서 누군가의 부름이 들리는 것 같았다. 미라는 응답하듯 몸을 떨었다. 그러자 머리 쪽 단단한 피부가 갈라지면서 새로운 생명이 꿈틀거리며 나온다. 인간도 자궁에서 그렇게 머리부터 세상으로 나왔다. 미라에서 나온 나방은 자신이 애벌레였을 때 공들여 지은 집 안에서 한동안 휴식을 취하다가, 입으로 특수한 마법의 침을 흘려서 벽을 녹인다. 벽에 구멍이 생겼다. 나방은 그곳으로 힘겹게 기어 나왔다.

밤 11시쯤 꽃보다 아름다운 나방이 나타났다. 천상의 색깔이라고 할 만큼 순결한 분홍빛 옷을 입고 있는 요정이었다. 그의 몸속에는 푸른 봉숭아 이파리를 발효시켜서 걸러낸 물감을 보관하는 소중한 항아리 하나가 숨겨져 있다. 나방이 애벌레였

을 때 봉숭아 잎을 모으고 또 모아, 보이지 않는 분홍빛을 모으고 또 모아, 그 항아리에다 숙성시키고 또 숙성시켰다가 저토록 아름다운 옷감을 만들어낸 것이다. 색이 아름다울수록, 그가 애벌레였을 때 열심히 살았다는 뜻이다. 열심히 살지 않고서는 그런 진실이 나올 수 없을 테니까. 그들은 그런 색을 훔쳐 올 수 없고, 돈으로 살 수 없고, 오로지 자기 생을 걸고 만들어내야만 하니까. 그래서 분홍빛 시간이 더 아름답다. 휴대폰 카메라로도 그 색깔을 오롯이 담아낼 수가 없다. 봉숭아 고유의 근원적인 색을 어찌 인간의 과학으로 다 담을 수 있다고 생각하는가. 어림없다. 온몸에 퍼져 있는 연분홍 그리고 날개 안쪽 배에 번져 있는 분홍의 경건함이란 이제까지 보지 못한 색깔이다.

나방이라는 존재는 태어나자마자 누군가를 먼 곳까지 데려다줄 만큼 나이가 들어 보이기도 하고, 놀이공원에 갈 꿈을 꾸면서 솜사탕 맛을 갈망하는 천진난만한 아이 같기도 했으니, 내 눈으로는 전혀 예측 불가능한 목숨이다.

아름다운 신

나는 주홍박각시하고의 이별 장소로 주말농장을 떠올렸고 하늘바다에게 그 소식을 알렸다. 하늘바다는 나보다 먼저 나와 있었다. 내가 종이상자를 열고 나방을 보여주자, "와아, 대박! 그 애벌레는 흉측한 야수 같았는데, 이렇게 아름다운 신이 나오시다니! 내가 그때 살충제를 뿌렸다면… 생각만 해도 끔찍하네요. 결국 내가 잘한 거죠? 그렇죠, 맞죠?" 그렇게 말하며 칭찬해달라는 눈빛으로 나를 쳐다보았다. 나도 모르게 진짜 잘한 것이라고 고개까지 끄덕여주었다. 하늘바다는 유달리 큰 눈을 굴리면서 착한 일 했다고 칭찬받는 아이처럼 웃었다. 이제야 하늘바다의 내면이 보였다. 유독 낯가림이 심해서 누군가에게 다가가는 것이 힘들다는 말을 굳이 듣지 않아도, 내 선입견이 잘못되었음을 시인할 수밖에 없었다. 하늘바다는 따뜻한 사람이었다.

나는 분홍빛 신이 하늘바다의 손바닥에서 놀다가 날아가는 것을 허락했다. 그런 마음이 통했는지 분홍빛 신도 하늘바다의 손바닥에서 30분 이상을 머물렀다가, 잔잔한 바람이 마중을 나오자 미세하게 날개를 떨면서 몸을 예열하기 시작했다.

쭈글쭈글 물렁물렁 애벌레는 포기하지 않는다

그해 늦가을, 나는 뜻밖에도 우리 집 마당에서 또 다른 주홍박각시 애벌레랑 마주쳤다. 마당에도 그 애벌레가 살고 있었다는 사실이 반가웠으나 몸이 절로 움츠러들 정도로 급습해온 찬바람에 어찌나 당황했는지 모른다. "이봐, 이렇게 날씨가 추워졌는데 아직까지 이 세상에 머물고 있으면 어쩔 거야!" 나도 모르게 애벌레를 타박했다. 한평생 과거에 낙방한 늙은 선비가 마지막 과거길에 오르듯, 애벌레는 뭔가 절실한 걸음걸이를 급하게 다그쳤다. 애벌레의 마음과 달리 지친 몸은 자꾸만 비틀거렸다. 얼마나 굶었는지 몸은 쭈글쭈글했다. 당연히 몸 색깔도 유독 어두웠다. 애벌레는 우리 집 마당을 가로질러 양달에 있는 물봉선을 찾아갔다. 봉숭아 사촌인 물봉선은 이미 이파리를 떨군 상태로 깡마른 줄기만 남아 있다.

어쩌나, 저것을 어찌한단 말인가. 어느 가난한 절에서 나온 탁발승처럼 보였다. 안타깝게도 이 세상은 탁발승 따위를 존중하지 않은 지 오래였으니, 그가 둘러멘 배낭에다 쌀 한 줌

이나 담아갈 수 있을지 걱정이었다. 애벌레들 세상에도 조금 느린 아이가 있구나. 왜 늦었을까. 게으름을 피웠을까. 아니면 어디 먼 곳에 여행을 다녀왔을까. 아니면 그동안 병이라도 앓았던 것일까. 온갖 생각을 하면서 애벌레를 따라갔다.

애벌레는 물봉선 줄기에 애걸하듯이 매달려, 앙상한 뼈다귀를 억지로 물어뜯었다. 안쓰럽다. 당장 오늘 밤이 걱정이다. 이미 계엄령 같은 한파주의보가 내려진 상태다. 견디어낼 수 있을까. 급하게 숲에 가봤으나 물봉선을 구하지 못했다. 그러니 더 이상 도와줄 방법이 없다. 게다가 동네 건달들처럼 물까치들이 날아왔다.

한 놈의 부리가 애벌레를 정조준했다. 순간, 날카로운 부리가 물렁물렁한 생을 사정없이 쪼아댔다. 그래도 끄떡하지 않았다. 애벌레가 매달린 줄기만 흔들릴 뿐. 다시 쫀다. 마찬가지다. 다른 놈도 가세한다. 또 다른 놈도, 그렇게 쪼고, 또 쪼고, 그들이 살아온 무게를 실어 더 거칠게 쪼고, 흔들고… 아, 제발 포기해라. 벌레야, 그만 놓아버려! 그런 말이 입안에서 맴돌도록, 쭈글쭈글 물렁물렁 애벌레는 포기하지 않는다. 그렇다고 저항하는 것도 아니다. 오로지 버티기만 한다. 살아간다는 것은 저항하면서 이기는 게 아니라 그냥 버티어내는 것임을 애벌레는 잘 알고 있다. 이럴 땐 꿈틀거려도 안 된다. 그냥 버틸 뿐이다.

결국 나도 모르게 물까치들을 쫓고야 말았다. 도저히 지켜볼 수 없었다. 물까치들이 나에게 온갖 욕설을 퍼부었다. 그토록 사나운 부리에 쪼이고 쪼여도 애벌레의 쭈글쭈글 물렁물렁한 생은 조금도 상처 나지 않았다. 바람은 갈수록 폭력적으로 거칠어졌다. 고삐에서 풀려난 나뭇잎들이 허공으로 허공으로 날갯짓했다. 그들의 비상에 푹 빠져 있다가 불현듯 애벌레를 보았더니, 녀석은 다시 어디론가 걸음을 재촉하고 있다. 아, 그러니까 애벌레는 여기까지 오도록 수많은 부리에 물어뜯겼는지도 모른다. 그 뒷모습에다 내 손길을 보태주고 싶어도, 진짜 아무것도 할 수 있는 게 없다. 모르겠다.

그 나그네가 차라도 마신다면, 따뜻한 차 한 잔 정도는, 그 정도는 베풀 수 있었을지도. 어쨌든 한생이 그렇게 저물어가고 있었다.

2

영원한 대지 속으로 들어가다

대왕박각시 애벌레

신과 중력이 허락하는 무게만큼 살아간다.

산벚나무와 애벌레

내가 첫울음을 터트린 생가 뒤에는 아이들 놀이터인 둥글둥글 동산이 있다. 해마다 세상 모든 봄이 그곳으로 다 모여들었다. 환상적인 봄꽃들의 가장행렬이 시작되면 시간마저도 잠시 걸음을 멈추었다. 그중에서도 산벚나무 꽃구름이 가장 돋보였다. 하루하루 잔치 같은 날이었다.

나는 서울을 떠나 용인의 어느 산속 마을로 이사하자마자 그런 봄날을 꿈꾸면서 제법 나이 든 산벚나무 한 그루를 모셔왔다. 당연히 마당 가장 좋은 자리를 내주었다. 그런 배려에도 불구하고 산벚나무는 온갖 잔병치레로 힘겨워했다. 가까운 지인인 나무 의사의 정확한 진단을 받고, 그 처방대로 비싼 영양제를 놓고 흙을 바꿔주었다. 그래도 푸르름을 회복하지 못했다. 가지들이 잎을 놓아버리고 스스로 생을 포기하자, 나무 의사도 고개를 흔들어버렸다. 그렇게 끝이 난 줄 알았는데, 다시 봄이 오자 산벚나무가 푸르름을 터트렸다. 기적이었다. 높은 쪽 가지들은 다 포기하고, 내 키 높이 정도에서 새로운 삶을 설계하기 시작했다. 푸른 근육으로 단련된 줄기에서 돋아난 잎새들은 유난히도 탄력이 넘쳤다.

그러던 어느 날이었다. 가지에 대롱대롱 매달린 길쭉한 이파리 하나가 유독 반짝거렸다. 마침 마실 나온 바람이 간섭하고 싶어서 기웃거리자 매달린 것도 덩달아 흔들렸다. 순간 나도 모르게 입을 딱 벌렸다. 그것은 꾸물꾸물 기어다니는 이파리였다. 하도 커서 애벌레라고 믿어지지 않았다. 대롱대롱 흔들거리는 애벌레는 꼭 그네에 매달려 있는 것 같았다. 그렇게 흔들림으로써 육중한 무게를 가진 애벌레는 나무에게 조금도 부담을 주지 않았다. 애써 자기 무게를 숨기려고 하지도 않고 아래로 늘어트린 다음, 자물쇠를 채우듯 뒷다리로 줄기를 꼭 붙잡는다. 중력이란 단순해서 애벌레가 살아온 시간의 무게까지는 측정하지 못한다. 그러니까 애벌레는 실제 중력이 느끼는 것보다 훨씬 더 무거웠다. 애벌레는 흔들흔들 중력이랑 친구하면서, 나무랑 한 식구가 되어 흔들린다. 중력이 느끼기에, 실제 나뭇잎의 무게랑 애벌레의 무게는 별 차이가 없다.

　애벌레의 머리는 삼각형 모양이다. 은연중에 사마귀가 떠올랐다. 먹는 모습도 사마귀랑 비슷하다. 작고 세밀한 입을 가동해서 빠르게 먹었다. 처음에는 애벌레를 '산벚나무 사마귀'라고 불렀다. 몸은 통통하고 발은 몹시 짧아서 그야말로 우스꽝스러웠다. 나는 장난꾸러기 아이처럼 녀석을 툭 건드렸다가 "혹, 혹!" 하고 숨을 내뿜으면 강력하게 고개를 흔들어대는 서슬에 어찌나 놀랐는지 모른다. 애벌레가 숨을 내뿜다니! 믿어지지 않아서 다시금 건드렸다가 나도 모르게 소리쳤다. "고래다!" 오랫동안 바닷속을 돌아다니다가 파도 위로 거칠게 숨을 내뿜는 고래처럼, 녀석은 거친 숨을 내뿜었다. 애벌레의 몸에는 옆선을 따라 숨구멍들이 있다. 그 구멍을 이용해서 흠뻑 들이마신 숨을 힘껏 내뱉는 모양이다.

물방울, 물렁물렁한 것!

녀석은 우리나라에서 가장 큰 애벌레인 대왕박각시 애벌레다.

이렇게 큰 애벌레를 처음 만나다니, 이해가 되지 않았다. 나는 어렸을 때부터 들과 산에다 방목한 송아지처럼 살았기 때문에 어지간한 풀벌레들은 다 기억하는데, 이 녀석에 대한 정보는 전혀 없었다. 그러니까 흔한 녀석이 아니라는 뜻이다.

밤이 깊어가자 바람이 심해졌다. 나는 걱정이 되어 한동안 애벌레를 지켜보았다. 바람의 으르렁거림, 그 거친 파동은 어떤 절대자의 분노 같았다. 근처 나무들이 온몸으로 막아도 감당할 수 없는 서슬이다. 나무에서 살아가는 애벌레는 이럴 때가 가장 두렵다. 이럴 땐 그냥 흔들려야 한다. 그래야 편하다. 오로지 자기를 믿는 수밖에 없다. 자기를 믿는다는 것은, 내가 저 바람의 일부라는 믿음을 갖는 것이다. 그래서 애벌레는 온몸이 찢겨질 것처럼 흔들려도 담담했다. 그러면서 바람이 잦아든 뒤에 찾아오는 깊은 고요, 그 평화를 떠올리면서 흔들리고 또 흔들린다.

저녁내 뒤척이며 몸살을 하던 바람이 끝내 빗방울을 불러들인다. 비가 내린다. 나뭇가지, 전봇대, 빨랫줄에도 물방울이 매달린다. 매달려야만 꿈틀거릴 수 있는 것들이다. 매달리는 것은 버틴다는 것이고, 버틴다는 것은 살아간다는 뜻이다. 그러니 비바람이 거칠어도 애벌레의 흔들림은 멈추지 않는다. 가지에서 가지로 거꾸로 매달려서 걸어온 물방울이, 애벌레의 몸으로 길을 낸다. 애벌레의 몸은 물방울의 종점이다. 축 늘어져서 흔들리는 애벌레의 머리끝으로, 물방울은 모이고 모여 중력이 견딜 수 없을 만큼 무거워지면 그제야 꼭 붙잡고 있던 손을 놓아 버린다. 모든 물방울은, 애벌레의 턱에 모였다가 그의 숨소리를 들으면서 아래로 뛰어내린다. 물렁물렁한 것들, 물방울, 물렁물렁한 것들, 애벌레! 그러니까 애벌레랑 물방울은 다 똑같다.

중력으로부터 자유로움

대왕박각시 애벌레는 몹시 소심하고 겁쟁이라서 절대 이파리에는 매달리지 않는다. 줄기는 아무리 가늘어도 자신을 지켜줄 수 있는 근육을 갖고 있지만, 이파리는 아무리 커도 바람이 불면 쉽게 찢어지는 허세를 잘 알고 있다. 그래서 애벌레는 항상 줄기에다 뒷발을 딱 묶어놓고는 멀리 있는 이파리를 앞발로 끌어당긴다. 너무 먼 곳에 이파리가 있으면 애써 그것을 탐내지 않는다. 먹다가 입이 닿지 않는 곳에 있는 줄기는 입으로 잘라 버린다. 이렇게 줄기 끝을 잘라줌으로써, 그 나무는 다음 해에 더욱 풍성해진다.

우리 생가에는 유독 감나무가 많다. 당시에는 할아버지를 제외하면 남자란 나뿐이어서 무르디무른 나이였는데도 남자

역할을 해야만 할 때가 있었다. 나무에 열린 것들을 설거지할 때였다. 할아버지는 어린 나를 나무 위로 올려놓고는 아래서 조심스럽게 지휘하였다. 할아버지가 강조하는 것은, 욕심을 부려서 많이 따려고 하지 말라는 것이었다. 남기면 새들이 고마워할 테니까 걱정하지 말라고.

그다음으로 강조한 것은 반드시 감이 달린 가지째 꺾어서 따라는 것이었다. 그래야 이듬해 새로운 가지에서 순이 나오고 그곳에 감이 매달린다고. 어린 나는 그런 할아버지의 말에 설득당했고 늘 그렇게 가지째 꺾어서 감을 땄다. 그래선지 우리 감나무는 해거리할 때만 빼고는, 대체로 가지에서 흔들흔들 출렁거림의 무게가 크게 차이 나지 않았다.

어둠의 시간이 되자 애벌레는 더 부지런히 움직인다.

그 시간에 살아가는 것들을 위로해주는 달빛이 내려오면, 애벌레는 거꾸로 하늘을 올려다보면서 자기만의 목소리로 기도를 보낸다. 거꾸로 매달려서 살아간다는 것은 조금도 욕심을 부리지 않겠다는 뜻이다. 신과 중력이 허락하는 무게만큼 살아가겠다는 고백이다. 조금이라도 욕심을 내면 그만큼 힘들어진다. 그렇게 중력으로부터 겸손을 배워간다.

종일 비바람이 몰아치면, 그 굿판이 끝날 때까지 움직이지 않는다. 그렇게 움직이지 않으면 오히려 중력이 그들을 지켜준다. 아무리 비바람이 거칠어도 중력을 받아들이면 쓸데없는 힘을 낭비하지 않는다. 중력에 저항하면서 나무줄기에 똑바로 서서 살아간다면, 그랬다면 그들은 벌써 이 세상에 존재하지 않았을 것이다.

애벌레는 늘 중력에 의지해서 살지만 그것으로부터 자유롭다. 자유롭다는 것은 애벌레의 몸 자체가 중력이라는 뜻이다. 애벌레는 항상 뒷다리로 나뭇가지를 붙들고 몸을 거의 수직으로 늘어트린다. 오직 붙드는 힘만 있으면 된다. 바람이 불면 이파리처럼 흔들리고, 비가 들이치면 이파리처럼 온몸으로 맞이하고, 햇살이 들이치면 이파리처럼 반짝거린다. 그러니까 나무에 기생하는 것이 아니라 나무의 일부가 되어, 나무에 안기는 것이다.

한생을 그렇게 거꾸로 살아야 한다니, 피의 흐름이 제대로 될까. 애벌레의 몸에는 동맥이나 정맥 같은 피를 운반하는 전용도로가 따로 없다. 애벌레의 몸은, 그 자체가 도로이다. 애벌레는 작은 심장을 몸 곳곳에다 분산시켜서 가동한다. 그 공장에서 생산된 피는 사방으로 보내진다. 더 캄캄하고 더 먼 곳으로, 더 어둡고 더 비탈진 곳으로, 더 외지고 더 가난한 곳으로. 그래서 몸속이 비포장길 아니 숲속 같은 길이지만 피가 이동하는 데 큰 무리가 없다. 애벌레의 작은 발끝까지, 그의 옷 속까지, 피는 돌고 돌아온다. 마치 순례를 하듯이.

나무와 애벌레에 대한 믿음

며칠 뒤 대왕박각시 애벌레를 본 나무 의사는, 엄청난 벌레의 식성에 나무가 무사하지 못할 것이라고 한숨을 뱉었다. 나무 의사는 산벚나무를 샅샅이 수색하더니만 또 다른 대왕박각시 애벌레를 세 마리나 더 찾아냈다. 나무 의사는 당장 살충제를 뿌려야 한다고 경고했다. 나는 고개를 흔들었다. 저렇게 큰 애벌레가 찾아왔다는 것은 그만큼 이 나무가 건강하다는 뜻이 아닐까. 나무 의사는 그만 어이없다고 웃어버렸다. 만약 자신의 충고를 따르지 않으면 내년 봄에 산벚나무꽃을 볼 수 없을 것이라고 단호한 눈빛까지 보냈다. 나는 어설프게 웃으면서 애벌레가 산벚나무의 미래를 파괴하지 않을 것이라고 마음속으로 중얼거렸다.

지금이야 나무가 조금 아파할 수도 있겠지만, 애벌레는 나무를 결코 파괴의 대상으로 여기지 않는다. 애벌레는 늘 나무들의 삶을 존중하고 배려하면서 살아간다. 인간들은 그들의 전체적인 시간을 보려고 하지 않기 때문에 그렇게 편협한 결론에

도달하는 것이다. 나는, 나무와 애벌레가 함께 버텨낸 수만 년
의 시간을 믿는다.

나무 의사는 답답하다고 고개를 흔들면서 돌아섰다.

끔찍했던 살충제 DDT

한여름 햇살의 무게를 못 견딘 잎새들이 축축 늘어지면서 힘겨
워하는 오후, 집 아래쪽에서 연막소독 차량의 소리가 들렸다.
나는 산벚나무로 달려가서 비닐로 애벌레들을 씌우다가 허탈
하게 돌아섰다. 어느새 연막이 산벚나무를 집어삼키고 있었다.
순간 다리가 풀리고 정신이 아찔해지면서 한동안 잊고 있던 아
픈 기억이 되살아난다.

할머니는 누에가 사는 방 온도를 대단히 중시했다. 방이
추우면 그것들이 잘 먹지 않을 뿐만 아니라 잘 크지 않는다고
했다. 그래서 비바람이 극성을 떨면 아궁이가 터지도록 군불을
지폈다. 그런 날은 방안이 찜질방으로 변해버렸다. 천적인 기생
파리가 들어올까 봐 문도 열지 못했으니 얼마나 후덥지근했을
까. 모기가 윙윙거려도 누에들 때문에 약을 뿌릴 수가 없었다.
그러니 식구들은 거의 무방비 상태로 모기들에게 착취당했다.
그러다가 어린 막내가 뇌염에 걸리고야 말았다.

당시에는 뇌염에 걸리면 당사자의 개인정보를 방송에서 고스란히 노출하던 시절이었다. 그만큼 뇌염은 치명적이었다. 다행히 막내는 죽음의 문턱에서 구출되었다.

막내가 병원으로 실려 간 다음 날 군 보건소에서 DDT로 중무장한 연막소독차가 들이닥쳤다. DDT의 연막이 우리 집 마당을 하얗게 집어삼키자 온 동네 아이들이 몰려들어 그들만의 굿판을 벌이면서 뛰어다녔다.

다음 날 새벽, 할머니는 떼죽임당한 누에를 보면서 그들을 두고두고 원망했다. DDT가 얼마나 무시무시한 살충제인지 어린 나는 이가 시리도록 깨달았고, 그때부터 연막소독차만 보면 마치 누에가 된 듯 온몸을 떨었다.

나는 그런 기억을 아프게 삼키면서 애벌레들을 보았다. 놀랍게도 그들은 끄떡도 하지 않았다. 물론 이제 악명 높은 DDT를 사용하지 않는다고 해도 애벌레들에게 치명적인 강력한 살충제 성분들이 들어 있는 건 사실이다. 그걸 이겨내다니! 나는 그들을 끌어안고 싶었다. 아, 장하다!

애벌레 응급조치

어쩌면 그래서 내가 너무 방심했는지 모른다. 그로부터 사흘

뒤, 아침에 일어났더니 이웃집에서 정원수에다 살충제를 뿌리고 있었다. 정말 예상하지 못했던 복병이었다. 대왕박각시 애벌레가 사는 산벚나무는 이웃집 경계에 걸쳐 있으므로 당연히 그들의 방제영역 안에 있었다. 나는 허겁지겁 뛰쳐나갔다. 안타깝게도 이미 모든 상황이 끝나버린 상태였다. 네 마리의 애벌레가 추락하여 초록빛 피를 토하면서 바둥거리고 있었다.

그야말로 응급상황이었다. 나는 농부의 아들인지라 농약에 대해서는 누구보다 잘 안다. 나 역시 숱하게 농약을 치다가 어질어질 토악질하며 괴로워한 적이 있다.

나는 애벌레들을 옷에다 싸서 급하게 애벌레의 방으로 옮겼다. 살충제에 맞은 애벌레를 어떻게 치료해야 하는지, 내가 아는 지식이라고는 전혀 없었다. 다만 농약을 마시고 자살을 시도한 사람들에게 억지로 구정물을 먹여 토하게 했다는 기억이 떠올랐을 뿐이다. 그런데 애벌레에게 어떻게 물을 마시게 한단 말인가. 에라, 모르겠다. 급한 김에 양동이에다 물을 담아놓고 죽어가는 애벌레를 풀어놓았다. 물속으로 들어간 그들은 더욱 괴롭게 몸부림치다가 생을 포기한 듯 가만히 있었다. 나는 부랴부랴 물의 수위를 낮춘 다음, 그곳에다 산벚나무 잎을 비롯하여 온갖 풀을 뜯어다가 넣었다. 태초에 신이 세상으로 내보낸 그 아련한 생명체들에게, 내가 해줄 수 있는 것은 그것뿐이었다. 나무 의사에게 도와달라고 연락했더니 헛웃음을 터트리면서 자기도 모른다는 대답만 돌아왔다. 한 시간 만에 두 마리가 죽었다. 남아 있는 두 마리도 상태가 좋지 않았다. 절망적이었다.

애벌레들 옆에서 밤을 새웠다. 새벽에 잠이 들었다가 정신을 차렸다. 순간 눈이 멀어버릴 만큼 아프게 쏟아지는 햇살 세례에 깜짝 놀랐다. 망막에 저장된 푸른 애벌레에 대한 시간까지 다 지워질까 봐 다시금 눈을 감았다. 한참 뒤에 눈을 뜨고 양동이를 보는 순간 나도 모르게 소리쳤다. "아, 살았다!" 눈시울이 뜨거워졌다. 두 마리 애벌레는 양동이에 있는 작은 산벚나무 가지 위로 올라가서 끔찍했던 순간들을 떨쳐내려고 푸른 이파리를 억지로 먹고 있었다.

애벌레는 굳이 희망을 말하지 않는다. 그저 살아갈 뿐이다. 살아가는 것이 희망이니까. 살아야만 아픈 기억을 잊을 수 있다. 죽음이란, 그 기억을 안고 가는 것이다.

나는 살아줘서 고맙다고 녀석들에게 말을 하고는 곧장 숲으로 가서 큰 산벚나무를 베어다가 물병에다 꽂았다. 애벌레들이 힘겹게 줄기를 타고 올라갔다. 너무나도 큰 대가를 치렀지만, 나는 그들과 같은 공간에서 웃고 떠들 수 있게 되었다. 내 생에 그만큼 특별한 시간은 앞으로도 없을 것이다. 그 소식을 나무 의사에게 알렸더니 이번에는 다행이라고 나를 위로해주었다. 애벌레와 동행을 존중한다는 의미였다.

아름다운 시간을 놓아주어야 할 때

생의 큰 고비를 넘긴 대왕박각시 애벌레는 아픈 기억을 떨어내려고 애를 썼다. 몸이 건강해야만 그런 부정적인 기억을 더 쉽게 삭일 수 있다. 그래서 더 부지런히 먹어댄다. 푸른 근육이 되는 산벚나무의 살을 온몸에다 차곡차곡 채워갔다. 애벌레는 현재를 살면서도 동시에 미래를 살아간다. 당연히 현재를 열심히 살아야만 미래도 행복할 수 있다. 애벌레의 생을 정리한 뒤로는, 그들에게 힘을 보충할 기회란 더 이상 없다. 번데기인 미라가 되었을 때도 애벌레의 힘으로 버티어야 하고, 나방으로 환생하는 고통도 애벌레의 힘으로 이겨내야 하고, 나방으로 하늘을 날아갈 때도 애벌레의 힘으로 날갯짓을 해야 한다. 그러니 애벌레는 벌써 미래를 살고 있는 셈이다. 애벌레는 늘 그런 미래를 예감하고 있었다. 그만큼 먹어대는 양도 많았다.

그래도 태양이 지배하는 낮에는 무거운 몸을 아래로 늘어트리고 휴식을 취하다가 어둠이 떨어지면 슬슬 이파리를 찾아 움직인다. 인간으로서는 도저히 길들일 수 없는 길에서 살아가는 저 거대한 목숨은 늘 자유롭다. 허공에 뜬 길은 걸핏하면 막다른 외통수다. 자동차를 운전해본 사람이라면 갈 수 없는 길 앞에서 난감해하면서, 차가 제자리에서 180도 회전하면 얼마나 좋을까 하는 상상을 해봤을 것이다. 결국 후진하는 수밖에 없는데 밤길이거나 좌우 측이 난간이면 아슬아슬하다. 애벌레는 걱정할 필요가 없다. 아무리 통통해도 몸을 180도 회전시켜 반대편으로 갈 수 있기 때문이다.

그들은 우리 집에서 50일이 넘도록 살았다.

그들의 생이 여물어가기 시작했다. 여물어간다는 것은 씨앗이 된다는 것이고, 씨앗은 새로운 환생을 준비한다는 것이고, 이제부터는 신의 시간대로 접어든다는 것이다. 머리끝이 점점 노랗게 물들어간다. 그렇게 나이가 들어간다. 등도 노랗게 우러나다가 짙은 보라색으로 물들어간다. 애벌레는 자신의 등을 뒤돌아보기도 하고, 입으로 등을 가볍게 문지르기도 한다. 뭐랄까, 그의 눈빛은 깊은 숲의 심해 속에서 오롯이 일어서는 어린싹을 어루만져주는 햇살 같았다고나 할까. 애벌레는 그런 눈빛으로 대지를 내려다본다. 이제 또 다른 생을 꿈꾸기 위해서는 봄부터 살아온 아름다운 시간을 놓아주어야 한다. 놓아버려야만, 그래야만 비로소 새로운 생을 꿈꿀 수 있으니까.

사실 그들을 간섭하는 것은 아무도 없다. 이 좋은 곳에서 더 살아갈 수도 있다. 마음껏 풍요로움을 누리면서 이곳에서 살아도 된다. 그러나 때가 되면 새로운 길을 찾아 나서야 한다. 더 욕심을 부렸다가는 소중한 생을 잃어버릴 수 있으니까. 조금이라도 지체하면 제대로 미라가 되지 못할 수도 있으니까.

살아 있는 대지

나는 대왕박각시 애벌레가 사는 나무 아래쪽에다 대지를 마련해주었다. 비닐을 깔고 흙과 낙엽을 깔아주었다. 최대한 야생의 숲 바닥을 재현했다.

자정 무렵, 애벌레 한 마리가 자신이 살아온 나무에게 경의를 표하듯 한동안 이곳저곳 줄기를 쳐다보더니 천천히 아래로 내려간다. 나무는 아래쪽으로 갈수록 늙어 있다. 애벌레는 그렇게 늙음 속으로, 영원한 대지로 순례를 떠난다. 대지로 내려오자 주위를 둘러보고, 냄새도 맡아보고, 다시금 자신이 살아온 허공을 쳐다보면서 어딘가로 걸음을 재촉한다.

애벌레는 태곳적 시간이 살고 있는 그런 세상을, 그런 영원함을 찾고 있다. 돌멩이 틈으로도 들어가 보고, 움푹 파인 곳, 썩은 나뭇잎 사이, 썩은 나뭇가지 밑으로 갔다가 다시 나왔다.

땅이란 영 불편하다. 애벌레의 육중한 몸을 지탱해주는 짧은 다리는 걷기에 불편하다. 나무에 거꾸로 매달려 걷기에는 편해도 붙잡을 곳이 없는 땅 위를 걷는 것은 참으로 불편하다. 대지에서만 살아가는 존재들은 허공에 떠 있는 나무에 숨겨져 있는 길이 얼마나 편한 세상인지 잘 모른다. 그의 다리는 한 쌍이 동시에 움직이는 데 너무 짧고 그래서 몸무게 중심을 잡기도 힘들다. 감싸고 움켜쥐는 힘은 쓸 만해도 내딛는 힘은 영 불안하다.

애벌레는 비탈길을 오르다가 걸핏하면 미끄러지고 뒤집혔다. 꼭 궤도에서 이탈한 기차 같았다. 궤도가 없으니 걸음걸이가 불안하다. 그때마다 자존심이 상한 표정으로 숨을 내뿜었다. "훗! 푸훗!" 아무래도 나뭇가지를 흔들면서 숨을 내뿜을 때보다 출력이 약하다. 아무리 애벌레가 힘이 강하다고 해도 대지를 흔들 수는 없다. 그제야 애벌레는 새삼 나무를 올려다보면서, 그곳에 살았을 때가 가장 아름다웠음을 새삼 깨닫는다. 그래도 어쩌랴. 늙은 애벌레에게 대지란 피할 수 없는 숙명의 세상이다. 어쩌면 그런 두려움 때문에 누에나방 종족들은 땅으로 내려오지 않고 모든 생을 나무에서 갈무리하는지도 모른다. 누가 더 현명한지는 모른다. 그나마 다행이라면 애벌레의 보라색 몸이 대지하고 비슷해서 쉽게 눈에 띄지 않는다는 점이다.

대왕박각시 애벌레가 움직이면 스스로 길이 된다. 나무에서 내려와 깊은 바다 같은 영원 속으로 가는 여정은 초행길이다. 그래도 낯설지 않다. 한생을 나무에서만 살아온 그가 흙속이라는 전혀 낯선 세상으로 들어가는데도 전혀 망설임이 없는 것은 그런 까닭이다. 오히려 흙냄새를 맡자 편안해진다.

뾰족한 애벌레의 머리는 작은 구멍이나 낙엽을 헤집고 들어가기에 편리하다. 대왕박각시 애벌레의 머리가 작고 뾰족한 데는 그럴 만한 이유가 있었다. 땅속으로 들어간 뒤에도 누군가 접근해오면 강력하게 숨을 내뿜으면서 가까이 오지 말라고 경고했다. 그때마다 낙엽이 들썩거린다. 그러면서 온몸이 더욱 짙게 자줏빛으로 늙어갔다. 그렇게 살아 있는 대지가 되는 것이다. 그렇게 살아 있는 바다가 되는 것이다. 멀고 먼 옛날, 그 옛날에 땅에서 살던 고래가 육중한 욕망을 버리고, 모든 것을 무장 해제한 채 바다로 들어가듯, 그렇게 땅속으로 사라진다.

땅속 안전한 곳에 자리를 잡으면 편안하게 몸을 눕힌다. 애벌레는 그 상태로 동안거에 들어가듯 눈을 감는다.

강철 같은 주조물

대왕박각시 애벌레는 깊은 심연 속에서 쉬고 있다. 그는 영원 속에다 자신을 순장시키고, 그렇게 단단한 미라가 되어 자신을 지켜나간다. 다른 애벌레들처럼 미라가 안전하게 쉴 수 있는 집 따위는 필요 없다. 자기 자신이 요새처럼 튼튼한 건축물이 되면 되는 것을, 왜 굳이 그렇게 부질없는 낭비를 해야만 하는가. 그것은 따로 미라를 보호해줄 집이 없어도 자신을 지켜낼 수 있다는 자신감의 표현이다.

그토록 푸르렀던 벌레는 까만 미라가 되었다. 스스로 몸을 녹여 어느 틀 속으로 들어가서 강철 같은 주조물이 탄생한 듯, 저 깊은 주름골까지 완벽하게 재현해냈다. 보통 벌레들의 미라는 누군가 건드리면, 나 살아 있으니 귀찮게 하지 말라고 온몸을 흔들어댄다. 대왕박각시 애벌레의 미라는 몸이 굳어진 뒤로

는 전혀 반응하지 않는다. 그러니 땅속을 뒤지는 두더지도 그 미라를 돌멩이라고 오판하고는 거들떠보지도 않는다. 이제 미라는 이 세상을 위해, 자신을 위해, 또 다른 우주를 위해 침묵을 삼키면서 외로움을 이겨내야만 한다. 새로운 환생을 준비해야만 하므로 절대적인 시간이 필요하다. 당연히 내면에서는 가장 치열하게 살아가는 시간이다. 이제부터 그런 고독과의 투쟁이다.

미라는 홑이불 하나 뒤집어쓰지 않은 채, 태초의 시간이 살아 있는 흙속에서 긴 겨울을 달래면서 찬란하게 날아오를 봄날을 꿈꾼다. 바위의 등허리에서 절대자처럼 차갑게 자라나던 겨울의 통뼈가 녹아내리고 별 같은 봄볕이 쏟아져 내리면, 그는 반짝거리는 날개를 짊어진 채 자신을 순장시킨 대지의 문을 열고 날아오를 것이다.

3

당신들이 가장 싫어하는 애벌레를 위한 헌사

매미나방 애벌레

태어나는 것을 선택할 수는 없지만 살아갈 권리가 있다.

인간들이여! 지금부터 저는 당신들이 끔찍하게도 싫어하는 애벌레에게 헌사의 글을 바치려고 합니다. 해마다 봄이면 숲을 장악하여 당신들을 몸서리치게 하는 폭도 같은 이들, 당신들이 선전포고네 전쟁이네 하며 온갖 전투적인 단어를 총동원해서 반드시 제거해야만 하는 악의 축으로 몰아가고 있는 그들에게 헌사라니! 혹 미친 거 아니냐고 할 수도 있을 것입니다. 부디 불쾌하더라도 너그러운 이해를 부탁드립니다. 그것은 저만의 특별한 경험, 그들이 저에게 베푼 따뜻한 호의에 대한 답례이기 때문입니다.

닭과 오리를 얼어붙게 한 카리스마

오랫동안 북한산에 의지하고 살다가 이러저러한 사정 때문에 경기도 용인 광교산 자락으로 거처를 옮겼습니다. 쉽지 않은 결단이었지요. 다행스럽게도 이사한 집은 늘 숲 비린내를 맛볼 수 있을 정도로 산허리에 닿아 있어서 낯섦의 무게를 그만큼 가볍게 해주었습니다.

이사하고 몇 주가 지났을까요. 테라스에다 내놓은 낡은 수납장 위에는 치자나무 화분이 있었는데, 그 나뭇가지에 손가락만 한 벌레가 있었습니다. 무시무시한 독침으로 중무장을 한 녀석을 보는 순간 뒷머리가 쭈뼛 서더군요. 저는 날마다 그 치자나무 옆에서 차를 마셨기 때문에 녀석이 몹시도 불편했지요. 그래서 녀석을 쫓아내려고 가지를 흔들어대고, 막대기로 위협하고, 물세례도 퍼부어보았습니다. 어라, 그놈은 끄떡도 하지 않더군요. 대체 이놈이 왜 이곳으로 왔을까. 치자나무 이파리를 갉아 먹은 흔적이 없어서 더욱 궁금해졌습니다.

저는 마당에서 흙 목욕 놀이에 빠져 있던 닭들을 힐끗 보았고, 막대기로 녀석을 떨어트린 다음 삽에다 억지로 담아서 힘껏 던졌습니다. 닭들은 애벌레가 떨어지는 지점을 정확하게 포착하고는 우르르 달려들었어요. 보나 마나 끝장이라고 생각했지요. 허허, 그런데 맨 먼저 달려온 하얀 암탉이 펄쩍 뛰며 뒷걸음질쳤습니다. 그 애벌레가 암탉을 향해 싸움을 걸듯이 기어가고 있었거든요. 세상에나, 이게 말이 되는가. 암탉은 그 기세에 놀라 쪼아댈 엄두도 내지 못하고 달아나더군요.

애벌레는 다른 닭들에게 크게 소리치듯이 상체를 들어 몇 번 휘두른 다음, 곧장 제가 있는 테라스를 향해 걸어오는 것이었습니다. 하하, 저는 꿈을 꾸는 것만 같았어요. 놀랍게도 애벌레는 정확하게 치자나무 화분으로 되돌아왔거든요. 눈으로 보고도 믿어지지 않았지요.

저는 다시 삽에다 그놈을 떨구고는 이번에는 붉은 수탉 앞으로 던졌습니다. 수탉은 자기가 본때를 보여주겠다고 당당하게 달려갔습니다. 하지만 이번에도 애벌레가 수탉을 향해서 저돌적으로 달려들었어요. 암탉들은 살다 살다 저런 벌레는 처음이라고 소리쳤어요. 수탉은 체면 때문인지 목 깃털을 세우면서 맞서려고 했어요. 그러나 거침없는 애벌레의 돌진에 제대로 눈싸움조차 해보지 못하고 돌아서더라고요. 아마 닭들의 역사에서 애벌레를 보고 도망친 치욕은, 그때가 처음이었을지도 모릅니다.

애벌레가 다시 마당을 가로질러 테라스로 걸어왔습니다. 그 과정을 촬영하는 제 손이 부르르 떨리더군요. 그저 헛웃음밖에 나오지 않았습니다.

녀석은 치자나무로 올라가자마자 저를 보고는 "이봐! 지금까지는 참았는데, 계속 귀찮게 하면 가만있지 않을 거야!" 하고 말하는 것 같았지요. 온몸에 소름이 돋을 수밖에요. 그때 오리 두 마리가 안짱다리로 걸어왔습니다. 구세주였어요. 저는 다시 그놈을 삽에다 떨어트린 다음 얼른 마당에다 던졌습니다. 수컷인 갈색 오리가 제 기대에 보답하듯이 맹렬하게 달려오다가 "꽤엑!" 하고 넘어졌다가 얼른 달아났습니다. 불덩어리도 덥석덥석 집어먹을 것 같은 부리로 한 번만 상대를 타격하면 끝났을 텐데, 아예 그럴 엄두도 내지 못했으니까요. 다른 오리도 달아나버렸습니다.

화가 머리끝까지 난 애벌레는 시위하면서 마당을 가로질러 곧장 제 의자 쪽으로 돌진했답니다. 아, 저는 얼른 피했지요. 아마 그러지 않았다면 녀석에게 봉변을 당했을 겁니다. 그놈은 당당하게 서랍장을 타고 올라가서 치자나무 맨 꼭대기에 자리하고는, 한 번만 더 건드리면 가만두지 않겠다고 자꾸자꾸 몸을 흔들어대더군요. 그랬으니 어쩔 수 없이 치자나무를 그놈의 영역으로 인정할 수밖에 없었지요.

아내와 딸은 더욱 놀라고 당황했습니다. 최악의 상황은 그놈이 집 안으로 들이닥치는 것이었습니다. 부랴부랴 방충망을 점검하고, 조금이라도 허술한 부분이 있으면 땜질했고, 창문이란 창문은 모두 닫아야 했습니다. 애벌레 때문에 숲의 향기를 집 안으로 부를 수도 없었습니다. 그래도 누구 하나 답답하다고 불평하지 않았습니다. 그만큼 그놈에 대한 공포심이 컸던 것이지요.

그놈은 치자나무를 차지한 채 1주일간이나 움직이지 않았습니다. 날마다 하루의 시작은 애벌레에게 문안 인사를 하듯이 거실 창가로 가서 훔쳐보는 것이었어요. "아직도 있어?" "너무 무서워! 저놈이 햇살을 온몸으로 빨아들이는 것 같아." "이제 절대 건드리지 마!" "근처에도 가지 마!" 식구들 사이에 그런 말이 비밀스럽게 오갔습니다.

그러던 어느 날 애벌레가 사라져버린 거예요. 그놈이 사라지면 속이 후련해야 하건만 식구들은 오히려 불안감에 더 시달렸지요. 어디서 나올지 예측할 수가 없잖아요? 그러니 맘대로 마당에서 걸어 다닐 수도 없었습니다. 지인들에게 전화로 하소연하면 아무도 믿지 않아서, 그런 불안감이 더 커졌을지도 모릅니다.

최루가스와 애벌레 전사들

그놈은 매미나방 애벌레였습니다. 당신들은 그 생김새를 보고는 그냥 송충이라고 부르지요. 심지어 언론사들조차 송충이라고 보도해요. 어쨌든 매미처럼 생긴 나방은 곱고 단아하지만, 애벌레는 이미 악명높은 악당으로 낙인찍힌 상태였습니다.

해마다 봄이면 매미나방 애벌레에 관한 기사가 쏟아졌습니다. 심지어 9시 뉴스에도 그들이 등장하였고, 한 대학 강의실까지 그들이 들이닥쳐 수업이 중단되는 초유의 사태도 발생했지요. 그 뉴스를 보는 순간 아련하게 떠오르는 기억이 있었습니다.

그러고 보니 30여 년 전 제가 공부했던 대학에서도 그런 일이 비일비재했습니다. 물론 그때도 우리는 그놈들을 송충이라고 불렀지요. 강의실 옆에 있는 늙은 수양버들의 뼈를 발라내듯이 물어뜯던 그 무자비함에 소름이 끼쳤고, 더구나 애벌레 트라우마까지 있던 저는 쳐다볼 수조차 없었어요. 그러니 마음 놓고 걸어 다닐 수도 없었지요. 조금만 방심하면 옷에 달라붙거나 발에 밟혔고 여기저기서 비명소리가 꼬리를 물었거든요.

당시에는 민주화운동이 한창이었습니다. 학생들이 시위하면 경찰들이 학교 안으로 무차별하게 최루탄을 발사하였습니다. 학생들은 눈물 바람으로 토하고 세상을 원망했지요. 그러다가 불현듯 정신을 차려보면, 그놈들이 깨진 최루탄 파편 사이로 전사들처럼 걸어가고 있었어요. 그들은 전혀 최루가스에 주눅 들지 않았어요. 그때마다 더욱 소름이 끼쳤지요. 저는 최루탄 불발탄으로 그놈들을 내리치려다가 고개를 흔들었습니다. 두려웠습니다. 그랬다가는 그놈들이 집까지, 꿈속까지, 아니 죽을 때까지 따라올까 봐요. 만약 그놈들이 학생들 대신 시위했다면 어떤 일이 벌어졌을까요.

애벌레에게 선전포고!

올해(2021년)도 언론사들은 무시무시한 기사를 내보내고 있었습니다.

애벌레에게 선전포고. K시는 애벌레와의 전쟁을 선포했다고 2일 밝혔다. 최근 도심권 등산로를 중심으로 송충이가 떼를 지어 서식하고 있어 불쾌감을 호소하는 시민 민원이 급증하기 때문이다. 시는 도심 생활권까지 파고든 송충이 퇴치에 산림병해충 방제단, 산림산업 종사자 등 30여 명을 투입했다. 산림지역은 드론을 이용해 방제하고 새벽 저기압을 이용한 연막소독도

하고 있다.

저는 애벌레를 악의 축인 것처럼 보도하는 기사를 보면서 왠지 씁쓸했습니다. 마치 1970년대의 어느 신문을 보는 기분이랄까요. 세상은 이렇게 변했건만 신문은 전혀 달라지지 않았구나! 멸종해가는 표범을 물어 죽인 개를 영웅으로 보도하면서, 그 외로운 동물을 타도의 대상으로 몰아가던 보도랑 뭐가 다른가요. 당시 언론이 그랬거든요. 경상도 어디에서 진돗개가 표범을 물어 죽이자, 개를 영웅으로 보도하면서 찬양했거든요. 멸종해가는 표범에 대한 눈곱만큼의 동정심도 없었고, 오로지 표범을 없애야만 한다는 식으로만 보도했으니까요. 더구나 그 표범은 사람을 공격하지도 않았습니다. 참으로 한심한 일이지요.

애벌레 또한 무슨 죄란 말입니까. 지구온난화 영향으로 그들이 대량 번식하고 있다는 연구 결과도 이미 나왔더군요. 겨울이 따뜻하면 그만큼 애벌레의 알이 얼어 죽지 않을 터이니, 이듬해 봄이 되면 숲이 애벌레 대박을 터트리는 것은 당연한 이치가 아닐까요. 특히 매미나방 애벌레들은 기후변화에 민감하다고 하니까, 그들이 대량 번식하여 봄날을 마비시키는 것은 그럴 만한 이유가 있는 거지요. 심지어 그들에게 퍼부은 화학무기의 남용이 오히려 역효과를 불러오고 있다는 연구 결과도 나왔습니다. 숲에서 살아가는 그들에게 사용하는 살충제 때문에 다른 목숨까지 다 죽어가고 있으니까요. 그들의 천적까지도 다 쓸어버리는 셈이니까요. 그렇다면 당신들에게 죄를 물어야 하잖아요. 그런데 엉뚱하게도 애벌레들에게 죄를 묻고 있으니 참으로 안타까운 일이지요.

당신들에게 애벌레는 흉측하고 징그러운 혐오의 대상입니다. 당신들이 공감하는 미적인 기준과는 너무도 멀지요. 주름 골 깊은 꿈틀거림, 알록달록 삐죽삐죽 털, 그들의 모든 것들이 혐오스러워요. 하지만 그것은 당신들의 주관적인 해석일 뿐입니다. 당신들만 빼고는, 이 세상에 존재하는 것들 중에서는 아무도 그렇게 생각하지 않으니까요.

애벌레는 나쁜 생명이 아닙니다. 조금만 애벌레하고 시간을 갖다 보면 스스로 그런 선입견이 잘못되었음을 깨닫게 되지요. 자세히 보니까 귀엽다거나 이렇게 환상적인 몸 색깔이 부럽다고 하면서, 왜 애벌레를 차분하게 보려고 하지 않았는지 아쉬워할 것입니다.

아, 그것은 저만의 주관적인 판단이라고요? 호호호, 뭐 그럴 수도 있겠네요. 굳이 제 가치를 강요하지는 않겠습니다.

생이란, 태어나는 것에 대해서 선택할 수는 없지만 살아갈 권리가 있습니다. 그 누구도 죽일 권리가 없다는 뜻이지요.

신들도 무작정 생명을 죽이지 않습니다. 생명이란 그런 것입니다. 그런데 당신들은 마음대로 다른 목숨을 죽입니다. 그런 당신들이 걸핏하면 신을 부르짖는다는 것 자체가, 인간 세상에 신을 모시는 성전이 저렇게 많다는 것 자체가 위선입니다.

광대의 탈을 쓴 애벌레들

당신들이 선전포고하든 말든 사실 매미나방 애벌레들은 신경도 쓰지 않습니다.

　이미 매미나방 애벌레들은 숲의 지배자이니까요. 어떤 나무라도 그들의 그림자가 닿지 않는 곳이 없습니다. 매미나방 애벌레의 몸을 보면 뾰족뾰족 날카로운 털로 뒤덮여 있지요. 이것은 새보다 개미들을 방어하기 위한 무기입니다. 개미들은 주로 촉각이나 후각에 의존하면서 각개전투로 상대를 무력화시킵니다. 그래서 애벌레들은 촘촘하게 털을 배치하여 개미들의 접근 자체를 원천봉쇄한답니다. 철조망이나 다름없지요. 게다가 개미들의 날카로운 턱으로도 뚫을 수 없는 갑옷까지 무장하고 있으니, 가장 강력한 적으로부터 완벽하게 자신을 보호할 수 있습니다.

여기까지는 쉽게 수긍할 수 있었습니다. 놀랍게도 그들은 새도 두려워하지 않아요. 새는 개미하고 달리 눈에 의존해서 살아갑니다. 애벌레들은 그런 새들을 방어하려고 새들이 두려워하는 온갖 문양을 몸에다 키웁니다. 하지만 매미나방 애벌레들은 새들의 공격에 대한 방어시스템을 전혀 신경 쓰지 않았습니다. 그런데도 새들은 매미나방 애벌레들을 공격하지 않았습니다. 며칠간 숲속에서 그들을 보았지만, 녀석들이 새에게 공격당하는 것을 보지 못했거든요. 매미나방 애벌레의 뾰족뾰족한 털과 두꺼운 갑옷이 새들의 공격마저도 무력화시킬 만큼 완벽한 방어시스템이라는 뜻이지요.

매미나방 애벌레가 유일하게 두려워하는 것은, 기생파리나 기생벌이었어요. 애벌레는 파리가 옆으로 오면 신경질적으로 몸을 흔들면서 달아났어요. 그래도 계속 파리가 달라붙으면 그냥 밑으로 미련 없이 자기 몸을 던졌습니다. 스스로 추락한다는 것은, 바닥이 있다는 것을 알기 때문입니다. 땅이란 나무만큼 안전하지는 않지만 자기 생을 다툴 만큼 위험해질 때는, 그곳으로 도피할 수도 있을 정도로 무한한 세상이라는 것도 알지요.

매미나방 애벌레의 몸은 탄력이 좋아서 나무에서 떨어져도 별 피해를 보지 않습니다. 떨어진 뒤에는 최대한 빠르게 다른 나무로 올라가야만 그의 삶을 안전하게 보장받을 수 있어요. 나무는 애벌레의 삶을 지켜주지만, 땅은 그렇지 않으니까요. 애벌레가 늘 갉아 먹으면서 귀찮게 해도 나무는 늘 그를 품에 안아준답니다.

매미나방 애벌레는 '광대' 같았습니다. 우스꽝스러울 정도로 큰 머리가, 꼭 탈을 뒤집어쓴 광대처럼 익살스럽게 보였어요. 그들은 햇살을 유독 좋아합니다. 두근두근 애벌레들이 살아가는 나뭇잎에서 햇살이 하염없이 반짝거리면, 그들도 햇살이 잘 드는 줄기에 붙어 있지요. 햇살은 잡초처럼 돋아난 그들의 털에 반사하면서 오묘한 빛을 뿜어냅니다. 그 순간만큼 무시무시한 애벌레가 아니라 아름답고 환상적인 존재였습니다.

나무들은 떠오르는 해를 맞이하고, 저무는 해를 배웅하기 좋은 자세로 살아갑니다. 늘 맞이하고 배웅하지요. 매미나방 애벌레도 그런 겸손을 배웠습니다. 그들은 새벽이면 해가 뜨는 쪽으로 고개를 돌리고 있다가, 오후가 되면 저무는 햇살이 가장 잘 드는 쪽으로 모여서 뭔가 간절한 눈빛으로 쳐다봅니다. 저녁놀이 내려오는 것이 고단해 보이기는 해도, 또 하루를 버티어냈다는 묘한 안도감이 깊게 깔린 표정으로, 그들은 해를 배웅했습니다. 저녁노을이 그들의 몸속으로 사라졌습니다.

어린 애벌레들의 용감한 도전

저는 숲에서 매미나방 애벌레들이 남겨놓은 대표적인 유적인 알집을 발견했습니다. 그들은 그 건축물을 휘어져 있는 나무 뒤쪽에다 지었습니다. 비바람이 들이치지 않는 곳, 추위가 덜한 곳을 선택하는 겁니다. 건축물을 지은 이들은 암컷 광대들이지요. 그녀들은 집 지을 터가 결정되면 자리를 잡고 그때부터 수만 년에 걸쳐서 완벽한 시스템으로 구축된 본능이 유도하는 대로 살아갑니다. 그녀들의 몸은 고성능 컴퓨터로 변합니다. 스스로 알아서 알을 낳고, 그 알들을 보호해주는 집까지 다 자동으로 만들어집니다. 어떻게 그런 일이 가능한지, 그 비밀은 당신들도 알 수 없습니다. 물론 본능이라는 단어로 평가절하되어서도 안 됩니다. 사실 본능이 완벽하다면, 그것이야말로 당신들이 가장 훔치고 싶은 시스템이니까요. 본능만큼 단순하면서도 완벽한 시스템은 없으니까요.

매미나방 암컷들은 자기 몸보다 훨씬 크게 집을 짓습니다. 다른 일꾼도 필요하지 않고 하청도 주지 않습니다. 이윤을 남기지 않으니 부실 공사란 있을 수 없겠지요. 한 치의 불량도 허락하지 않아요. 당신들도 당신 자식들이 살 집이라면 기를 쓰고 잘 지으려고 하지 않겠어요?

봄이 한바탕 폭발하려고 시간을 다투기 시작하면, 탯줄 같은 나뭇가지들이 얽힌 숲에서 황홀한 출산이 시작됩니다. 어머니가 꼼꼼하게 지어놓은 집에서 태어난 어린 매미나방 애벌레들은, 누가 통제하지 않아도 집 밖으로 나오지 않습니다. 서로 살을 맞대고 모여 있어야만 안전하다는 것을 어린 것들은 잘 알거든요. 어린 것들에게 누가 젖을 주지도 않아요. 그래도 상관없어요. 그들은 태양신이 뿌려주는 따뜻한 젖을 받아먹고 살아가니까요. 나뭇잎 대신 햇살만 먹고도 얼마간은 버틸 수 있답니다. 당신들의 아기는 태어나자마자 어미의 살을 먹습니다. 매미나방의 아기는 이미 어미가 죽어버렸으니 그럴 수가 없잖아요. 그래서 저 위대한 태양의 신이 자신의 살을 어린 것들에게 내주는 겁니다.

바람이 제법 숲을 흔들어대자 어린 것들이 바빠집니다. 제법 소란스럽군요. 어린 것들은 기상청에서 알려주지 않아도, 학교에서 배우지 않아도 바람의 여러 가지 비밀을 알고 있어요. 심지어 저 높은 하늘에 제트기류가 흐르고 있다는 것도요.

그러고 보면 당신들의 과학은 초라합니다. 그들은 이미 수만 년 전부터 그런 사실을 알았으니까요. 당신들은 기껏해야 20세기가 되어야 그런 기류를 발견해서 비행기의 길을 만들었잖아요? 어린 애벌레들은 수만 년 전부터 하늘에 길이 있다는 것을 알았는데, 책 한 권 남기지 않은 그들이 어떻게 그런 비밀을 후손들에게 물려줄 수 있는지 그저 놀라울 뿐입니다.

미지의 세상으로 떠날 어린 것들은 잔뜩 설렘으로 부풀어 있습니다. 두려움이라고는 찾아볼 수 없어요. 하늘을 난다는 것은 성스럽고도 짜릿한 일이니까요.

드디어 바람이 강해집니다. 그것을 신호로 어린 것들은 일제히 실을 뽑아냅니다. 아무런 부피도 없고, 아무런 문양도 없는 그 단순한 실은 놀라운 마법으로 그들의 몸을 부양시킵니다. 그렇게 한 마리씩 생가를 떠나갑니다.

생의 출발을 모험으로 시작하는 겁니다. 미지의 세상으로 떠난 어린 것들은 바다나 강에 떨어지기도 하고, 차들이 맹렬하게 질주하는 도시 한복판에 내려앉아 생을 시작해보지도 못하고 마감하기도 하지요. 그래도 그보다 훨씬 많은 것들이 세상 곳곳으로 퍼져서 삶을 개척해나갑니다.

매미나방 애벌레들이 숲을 지배할 수 있게 된 것도, 그런 용감한 도전 때문입니다.

그들은 어디서건 살아갑니다. 핵무기 실험장이든, 전쟁터이건, 쓰레기 소각장이든, 바다가 새로 출산한 화산섬이건 가리지 않아요. 심지어 100층 아파트 베란다에다 놓은 화분에서도 살아가니까요. 게다가 식성도 까다롭지 않아요. 설령 약간 독성이 있는 풀이라고 해도 야금야금 먹어서 내성을 키우니까요.

애벌레, 인간, 해충

매미나방 애벌레들이 당신들만큼 번영하게 된 이유를 이제 알 것입니다. 그들은 당신들이 만든 인공물에도 적응이 뛰어나지요. 건물의 외벽, 전봇대도 쉽게 오를 수 있어요.

저는 매미나방 애벌레가 당신들이랑 비슷하다고 고개를 끄덕일 때가 많습니다. 당신들도 어린 매미나방 애벌레처럼 모험심이 강해서 어딜 가든 쉽게 적응하고 새로운 삶을 개척하지 않았던가요. 태초에 당신들은 주로 굴에서 살면서 풀을 뜯어 먹거나 당신보다 약한 것들을 잡아먹었다고 하지요. 그런데 지금은 지구별이라는 숲을 지배하고 있잖아요? 심지어 신들의 땅이었던 허공조차 당신들의 땅이라고 하면서 고층빌딩을 말뚝 박고, 저 하늘과 우주까지도 넘보고 있잖아요? 당신들의 삶이란 그렇게 개척의 역사잖아요?

그런데, 당신들이 가장 혐오하는 매미나방 애벌레들이 제 의견에 동조할까요?

아닙니다. 실제로 제가 만난 매미나방 애벌레들은 자신들이 당신들이랑 비슷하다는 말을 듣는 순간 모멸감을 느꼈다고 흥분했습니다. 어떻게 우리를 당신들이랑 비교하냐고 하면서, 자신들은 당신들처럼 다른 목숨을 함부로 죽이지 않는다고 강조하더군요. 전쟁하는 모습을 보라. 온갖 살육의 무기를 들고 심지어 핵무기까지 갖춘 인간의 모습을 보라. 태초부터 살아온 저 산등성이가 며칠 만에 사라진 것을 보라. 누가 그런 짓을 하는가. 저는 아무런 반박을 할 수 없었습니다. 인간이라는 사실이 그렇게 부끄러웠던 적도 없었습니다. 그러니까 숲에서 살아가는 것들 눈으로 보면, 제가, 우리가, 당신들이 해충이자, 악의 축인 것입니다.

성스러운 성인식

저는 거의 한 달이 넘도록 숲에서 매미나방 애벌레들을 만났습니다.

비가 오고 바람이 불면 애벌레는 햇살이 잘 흘러내리는 나무 밑동으로 이동합니다. 그곳이 매미나방 애벌레들의 광장입니다. 그들은 나무껍질, 그 굴곡 사이에다 몸을 감추고 빛의 부스러기들을 받아냅니다. 며칠간 먹지 않아도 죽지 않습니다. 그것보다 햇살을 받아 체온을 올리는 것이 더 중요하니까요. 그래야 몸속 피들이 원활하게 돌고 돌아서 성장할 수 있답니다.

광장으로 모여든 애벌레들은 종알종알 떠들 어대다가 무슨 종교의식을 하듯이 거꾸로 매달 리지요. 애벌레는 노련한 등산가입니다. 뒷 발 끝에는 양쪽으로 날카로운 갈고리가 달 려 있습니다. 그것을 나무껍질에다 고정하면 바람이 불어도 떨어지지 않습니다.

그 의식은 애벌레에게 가장 중요한 성인식입니다. 그들의 성인식은 묵은 옷을 벗어내고 새로운 옷으로 갈아입는 의식이 라는 것쯤은 이제 아시겠지요?

같은 동족이 한 나무에 모여서 살기는 해도, 삶은 철저하 게 독립적이라서 나이 든 이가 꼰대 짓을 할 수도 없습니다. 그 러니 옷을 벗을 때도 번거로운 과정을 혼자서 해내야 합니다. 당신이 옷을 벗는 것이랑 그들이 옷을 벗는 것은 차원이 다르 겠지요. 그들이 옷을 벗는 것은, 당신들의 머리부터 발끝까지 살가죽을 벗어던지는 일이니까요. 상상해보세요. 얼마나 고통 스럽고 끔찍한 일이겠습니까?

매미나방 애벌레의 성인식은 1주일 정도 지속됩니다. 아 무것도 먹지 않고 그저 기도만 하는 벌레들에게는 몹시 고통스 러운 시간이겠지요. 그런데 죄다 거꾸로 매달려 있더군요. "아 직도 모르시오? 그렇게 거꾸로 매달려야만 대자연의 가장 자

비로운 중력의 신이 도움을 준다우. 그 신이 돕지 않으면 불가능한 일이오." 아하, 그랬구나! 뉴턴이라는 과학자가 중력의 법칙을 발견하여 당신들 세상에서는 유명해졌다지만, 이미 애벌레들의 세상에서는 수만 년 전부터 중력을 일상적으로 이용하고 있었습니다. 그렇게 매달려 있으면 천천히 몸에서 변화가 일어납니다. 살가죽이 마르고, 피부가 약한 가슴 부위부터 갈라집니다. 벌레들이 갈라진 곳으로 얼굴을 내밀면, 그때부터는 중력이라는 산파 할머니가 도와주는 것이지요.

당신들 상식으로는 묵은 옷을 벗어낸 다음 새 옷을 입어야 하는데, 이들은 새 옷을 갈아입은 채 나옵니다. 시간이 오래 걸리는 것도 그런 이유 때문이랍니다.

매미나방 애벌레가 벗어놓은 옷은, 얼핏 보기에는 살아 있는 애벌레와 구별할 수 없어요. 오직 바람만이 알고 있답니다. 거꾸로 매달려 있는 것들은 생명이 빠져나간 빈 옷이고, 머리가 나무 위쪽을 향하고 있는 것들은 살아 있는 애벌레라고요.

만약 당신들이 헌 옷을 버린다면, 그것이 흙으로 돌아가기까지 얼마나 걸릴까요? 당신들의 옷은 재료가 플라스틱이기 때문에 수백 년이라는 시간이 소요된답니다. 그러니 자연에 해가 되겠지요. 애벌레가 벗어놓은 옷은 전혀 자연에 해가 되지 않는답니다. 그래서 자연은 수거하는 것을 서두르지 않아요. 비록 생명이 나갔지만, 그 빈 옷 자체의 숭고함을 인정해주는 거지요. 그동안 생명을 키우느라 고생했다고, 그 가치를 존중하면서 충분히 머물다 갈 여유를 주는 겁니다. 비가 오고 바람이 부르면, 그제야 빈 옷은 자신이 온 곳으로 돌아갈 준비를 합니다, 흙으로, 물로, 바람으로요.

아, 빈 옷을 왜 그들이 먹지 않냐고요? 주홍박각시 애벌레처럼 자기가 벗어놓은 옷을 먹어 치우는 경우가 있고, 매미나방 애벌레처럼 그냥 버려두고 가는 경우가 있답니다. 주홍박각시 애벌레가 벗어놓은 옷은 워낙 얇아서 얼른 먹어 치울 수 있지만, 매미나방 애벌레의 옷은 두껍고 털이 많아서 먹을 수가 없거든요. 그러니 버릴 수밖에 없지요. 심지어 개미들조차 먹을 수 없을 정도로 질기고 맛도 없으니까요.

낡은 서랍장의 비밀

날마다 숲에 가서 매미나방 애벌레를 만나고 집에 오면, 괜히 서랍장 주위를 두리번거리게 됩니다. 다행히도 더 이상 그곳으로 찾아오는 놈들은 없었습니다. 이제 낡은 서랍장을 치울 때도 된 것 같았습니다.

저는 서랍장을 들어내다가 멈칫하고야 말았습니다. 바닥

에 제법 큰 애벌레의 미라가 보였거든요. 미라 옆에는 매미나방 애벌레가 벗어놓은 묵은 옷 꾸러미가 잔뜩 쌓여 있습니다. 그 우스꽝스러운 탈바가지도 있더군요. 아, 그놈이 어디로 사라졌나 했더니 서랍장 밑으로 사라졌구나! 모든 비밀이 풀리는 순간이었습니다. 그놈이 서랍장으로 온 이유는, 치자나무가 마음에 들어서가 아니라 서랍장 밑에 있는 비밀의 공간 때문이었습니다. 정말 영악한 녀석이지요. 서랍장은 바닥이 낮아서 새나 고양이 같은 동물들이 들어갈 수 없잖아요? 그놈은 미라가 되어 안전하게 지낼 수 있는 곳이 필요했던 겁니다. 서랍장 밑이야말로 요새나 다름없으니까요.

매미나방 애벌레의 미라가 발견되었으니 서랍장 치우는 것을 미룰 수밖에 없었지요. 그렇게 또 열흘 정도 지났을까요. 테라스에서 차를 마시다가 하얀 나방이 서랍장 밑에서 기어 나오는 것을 보았습니다. 그놈이 나방으로 환생하여 나온 것입니다. 애벌레였을 때의 사나운 모습하고는 너무나도 달라서, 도저히 그놈이 환생한 것이라고는 믿어지지 않더군요. 하얀 나방은 암컷이었어요.

나방은 붉게 물들어가는 하늘을 쳐다보더니 "우리 한판 재밌게 놀아보자!" 하고 그들 특유의 언어로 수컷들을 불러댔습니다. 그 언어는 바람의 역류를 타고 날아가는 새의 날갯짓

같은 힘이 있었고, 수컷들이 있는 곳이라면 어디건 찾아갈 수 있는 마법의 힘을 가지고 있었습니다. 그들은 SNS도 없고 휴대폰도 없어요. 다 필요 없어요. 그들에게는 가장 감성적이고, 가장 과학적인 통신수단인 페로몬이 있으니까요. 사실 그녀는 입도 없습니다. 까마득한 옛날부터 매미나방들은 스스로 입을 묶고서 살아간답니다. 소리 언어를 쓸 필요도 없고, 에너지를 얻기 위해서 밥을 먹을 필요도 없으니까요. 매미나방은 1주일 정도 생을 꾸려가는데, 몸속에다 이슬 한 방울 넣지 않아도 넉넉하게 버틸 수 있는 에너지가 충전되어 있으니까요.

매미나방은 특정한 날짜를 예정하는 걸 싫어합니다. 그만큼 자유스럽지요. 한 마디로 번개팅을 좋아한다, 이 말입니다.

초대받은 유일한 인간

곧이어 숲에서 수십 마리의 갈색 나방들이 마당으로 날아왔습니다.

그녀가 서랍장 위로 올라와서 나를 보더니, 이 서랍장을 치워주지 않아서 고맙다고 하면서 이 축제에 저도 초대하겠다고 하더군요. 그것도 페로몬으로 한 말이었는데, 다 알아들을 수 있었습니다. 어쩌면 그 순간, 저는, 당신들이랑 똑같은 호모

사피엔스가 아니라 나방이었는지 모릅니다.

마당에는 수백의 춤꾼들이 파도를 타듯 낮게 낮게 춤을 추다가 갑자기 위로 솟구쳤습니다. 춤꾼들은 각자 자기만의 독창적인 비트와 몸짓으로 요동쳤어요. 그런데도 서로 따로 노는 게 아니라 한 타령으로 어울리면서 물결쳤습니다. 그 놀라운 일체감은 말과 눈으로 그러니까 인위적으로, 억지로 동작을 맞추려는 당신들은 도저히 따라 할 수 없는 경지였어요. 그냥 본능으로 서로를 느끼고 조율하는 마법이 있어야 가능한 것이었지요.

그것은 분명 군무였지만 독재국가에서 종종 볼 수 있는 각진 집단성과는 거리가 멀었고요. 그렇다고 특정 종교만을 강요하는 국가에서 볼 수 있었던 절대적인 집단성하고도 달랐습니다.

그제야 나는 매미나방을 왜 집시나방이라고 부르는지 알았습니다. 유럽에는 이 나방을 집시나방이라고 부르거든요. 수컷들이 암컷을 찾아다니는 것이 집시들의 자유로운 춤과 비슷하다고 해서 그런 이름이 붙었다고 합니다. 마구 헝클어져 있는 것처럼 자유로우면서도 어떤 절실함이 느껴지는 춤이라면 상상할 수 있을까요.

그 축제는 별들도 관객이었어요. 그러니 나무나 풀은 물론 이요, 까마득한 과거 속에서 거슬러 온 숱한 신들까지도 관람하고 있었습니다. 정말 신들을 봤냐고요? 하늘을 우러러 한 점 거짓 없이, 수많은 빛을 봤다고 말할 겁니다. 그녀가 빛의 정체를 알려주지 않았다고 해도 저는 알 수 있었습니다. 살아 있는 바람이, 내 몸 안에 숨어 있던 어떤 동물적인 본능이 그렇게 말해주고 있었기 때문입니다. 순간 뭉클하면서 한없이 경건해졌습니다. 새삼 이 자리에 초대받은 것이 감격스러웠고, 저 많은 목숨과 함께 살아간다는 것이 새삼 고맙고 경이로웠지요.

그것은 제가 살아온 시간 속에서 경험한 가장 아름다운 무대였습니다. 자연스러우면서도 격조 있고, 시종일관 긴장감이 흘렀으며 잠시라도 눈을 뗄 수 없는 환각성이 있었습니다. 무엇보다도 춤사위가 아름다워서 아이돌 출신 전문적인 춤꾼들도 그들 앞에서는 초라해질 것입니다. 그리고 무엇인가 푹 빠지게 하는 힘이 있었습니다. 씨앗에서 생을 시작한 새싹들이 자기보다 몇천 배나 무거운 돌멩이를 밀어 올리는 듯한, 그런 열정적인 힘이 전율해왔다고나 할까요.

만약 선착순이라면 가장 먼저 도착한 춤꾼이 선택받아야 하는데, 그 축제의 총감독은 전혀 그럴 뜻이 없어 보였습니다. 암컷 나방은 냉정했습니다. 절대 자기감정에 취하지 않았어요. 몸속에서, 뇌에서, 누군가에 대한 강렬한 끌림이 달아오를 때까지, 그리하여 누군가를 미치게 부르게 될 때까지, 그녀는 그 춤판을 키우고 또 키워갈 뿐. 더 요란해질수록, 그녀의 심장은 더욱 흥분되었습니다. 그러다가 저도 모르게 정신이 아찔해지면서 자신조차 어찌할 수 없는 끌림에 당황하는 순간, 누군가를 향해 강렬하게 소리쳤습니다. 물론 인간들처럼 소리의 언어가 아니라는 것쯤은 이제 아시겠지요?

그녀의 부름을 받은 수컷은 아찔한 충동을 느끼면서 빛처럼 춤을 추었습니다. 아이처럼 재기발랄하고, 바람처럼 자유롭고, 나무뿌리처럼 근엄한 몸짓이었습니다. 그러다가 수컷이 자석처럼 암컷의 품으로 빨려들었습니다. 거부할 수 없는 힘에 수컷은 순종하였습니다. 둘은 서로를 꼭 끌어안고 있었습니다

축제는 한 시간이 넘도록 이어졌습니다. 이제 춤꾼들의 몸짓은 훨씬 부드러워졌고, 경쟁이 아닌 존경과 축하의 무대로 바뀌어가고 있었습니다.

아름다운 장례식

다음 날 아침에 나가보니, 암컷 나방은 서랍장 뒤에다 후손들을 위한 아름다운 집 한 채를 남겨놓았습니다. 아직 숨이 꺼지지 않았던 그녀가 저를 알아보고는 꿈틀거렸습니다. "부탁이

있소. 이 서랍장을 내년까지, 내년 봄까지 치우지 말아주시오."
바람이 불자 그녀의 몸이 자연스럽게 흔들렸습니다. 삶은 한순간이지만, 자신이 노래하면서 살아온 기억을 더듬어보니까 참으로 긴 시간이었다고 말했습니다. 믿기지 않을 만큼 긴 시간이었다고요. "한 세상 잘 살았다. 바람아, 내년에도 우리 아기들을 잘 부탁한다!" 바람이 그녀의 날개를 어루만져 주었습니다.

점심 무렵 장의사 개미들이 모여들었습니다. 장의사들은 그녀의 몸에서 날개를 분리하여 그 고삐를 풀어주었어요. 그동안 수고했다고, 나방을 대신해서 위로해주고는 직접 바람을 불러 날개를 날려주더군요.

바람이 오자, 날개는 온전히 자기만을 위해서 날아갔습니다. 그제야 장의사들은 그녀의 몸통을 떠메고, 만가를 부르면서 자기들 세상으로 사라졌습니다. 그녀의 육신은 또 다른 축제장으로 향하고 있었습니다. 생각해보시오, 당신들의 육체는 답답한 나무상자에 들어가서 땅속 좁은 공간에 묻혀 아주 느릿느릿 썩어갈 것입니다. 외로운 시간이지요. 그에 비해 나방은 죽어 개미들의 축제에 쓰인다니, 외로움의 무게가 다를 수밖에 없지 않겠어요? 그래서 살아 있는 나방, 애벌레들은 금세 죽은 자들을 잊는답니다. 오래된 이야기처럼, 그들은 그렇게 떠나갑니다. 살아 있는 자들이 떠난 자들을 애써 추모하고 안타까워할 필요

가 없기 때문입니다.

　저는 그녀에게 작별 인사를 하면서 다시금 서랍장을 보았습니다.

　어쩌면 저 서랍장을 영영 치울 수 없게 될지도 모릅니다.

4

외계인 같은 나의 특별한 친구에게

가중나무고치나방 애벌레

숲은 온갖 영혼을 품은 불가사의한 세상이다.

쭈글쭈글한 집

어느 날 나는 산초나무 가지에 매달린 이상한 생김새 하나를 발견했다. 그것은 뭐랄까, 마른 나뭇잎 같았는데 뭔가 이상해서 자세히 보니 애벌레의 집이었다. 마른 잎으로 감싸여 있고, 절반은 도배지가 울 듯이 쭈글쭈글 주름져 있었다. 그러니 바람조차도 나뭇잎이라고 속아 넘어갈 판인데, 내 눈에 그 실체가 드러났다는 사실 자체가 인연이었다. 바로 가중나무고치나방 애벌레가 지은 집이다.

집을 툭 건드렸다. 뭔가 묵직함이 느껴졌다. 아직 집주인이 안에 머물고 있다는 뜻이다. 그때부터 나는 아침저녁으로 그곳을 찾아갔다. 기품이 있는 가죽나무고치나방의 탄생을 꼭 보고 싶었다. 그런 황홀함을 만끽하기 위해서 그 정도 발품을 팔아야 하는 건 당연하다.

기적 같은 환생

마지막 장맛비의 심술은 상상을 초월했다. 새벽부터 시작된 비는 저녁이 되자 떨이로 마구 쏟아졌으니, 다음 날에서야 겨우 숲에 갈 수 있었다. 가죽나무고치나방 애벌레의 집이 있던 산초나무는 흙더미에 깔려 형체조차 알아볼 수 없었다. 하필이면 그곳에서 산사태가 났다. 그 상처가 아물기도 전에 잔인하게 쏟아지는 햇살은 뿌리째 드러난 나무들을 송곳처럼 찌르며 아픔을 덧나게 하였다. 그러니 가죽나무고치나방 애벌레의 집을 찾아볼 엄두가 나지 않았다. 마음이 아파도 어쩔 수 없다고 돌아설 때, 흙탕물에 반쯤 잠겨 있는 쭈글쭈글한 집이 보였다. 집은 흙더미에 깔리고, 거센 물살에 끊임없이 시달렸으나 어디 하나 망가진 곳이 없었다.

나는 애벌레 집이 걸려 있는 가지를 꺾어서 집으로 돌아왔다. 더 이상 그곳에다 방치할 수가 없었다. 물론 워낙 큰 충격을 입었기 때문에, 그 안에서 사는 애벌레의 미라가 무사할지 그

건 장담할 수 없었다. 그저 무사하기만을 바랄 뿐.

그로부터 열흘이 흘렀다. 어느 날 저녁, 가중나무고치나방 애벌레의 집에서 기적이 일어나고 있었다. 우리 식구는 나방의 위대한 출가를 황홀하게 축복할 수 있었다.

나방은 작게 열린 문으로 빠져나오려고 하였다. 모질음을 쓰면서도 온 신경은 날개에 가 있었다. 날개에 무리가 가지 않도록 천천히 몸을 끌어당겼다. 포유류와 다르게 큰 뼈가 없는 나방의 몸은 탄력이 좋았고, 물걸레 같은 날개도 워낙 부드러워서 전혀 상처를 입지 않았다.

드디어 나방의 몸이 나오자, 나는 안도의 한숨을 몰아쉬었다. 나방은 잔뜩 긴장하면서 어서 날개가 마르기를 기다렸다. 이럴 때는 더디게 펴지는 날개가 원망스럽다. 그런 마음과 달리 날개는 일정한 단계를 거치면서 느릿느릿 문양을 살려내고 있었다. 사탕 모양의 배는 갈색 바탕에 하얀 줄무늬가 박혀 있었고, 다른 나방들에 비해서 배가 홀쭉하고 날씬한 편이었다. 내가 학교에서 배운 시험 문제형 정보에만 의지한다면 나방인지 나비인지 헷갈렸다.

'나비는 낮에 활동하고, 나방은 밤에 활동한다. 나비는 배부분이 홀쭉한데 나방은 뚱뚱하고, 나비는 앉을 때 날개를 접

지만 나방은 펴고 있다.'

그것이 시험에 단골로 나오는 정보들인데, 애벌레를 키우면서 그렇게 가르쳐서는 안 된다는 것을 알았다. 벌꼬리박각시처럼 나방 중에서도 낮에 활동하는 것들이 제법 있고, 가중나무고치나방처럼 몸이 홀쭉한 것들도 있고, 으름밤나방처럼 날개를 접고 있는 것들도 있기 때문이다.

아무튼 쭈글쭈글하던 날개가 펴지면서 아주 산뜻한 색깔로 바뀌었다. 어찌나 신기했는지 모른다. 날개 안쪽에는 초승달 모양의 노랑 문양이 위아래 두 개씩 새겨져 있다. 그 옆으로는 복숭앗빛 문양이 물결처럼 세로로 새겨져 있다. 날개에서 분홍빛을 내뿜고 있는 것 같다고나 할까. 날개의 맨 끝에는 어떤 동물의 눈처럼 까만 점이 커다랗게 박혀 있다. 한 걸음 물러나서 보니까, 날개 끝은 뱀 얼굴 모양으로 재단되어 있다.

순간 나는 세계에서 가장 큰 나방인 아틀라스산누에나방을 떠올렸다. 날개의 길이만 30센티미터 정도라니까, 얼마나 큰 나방인지 알 수 있을 것이다. 아무튼 이 녀석은 아틀라스나방과 꼭 닮았다. 크기만 조금 작을 뿐, 생김새라든가 문양의 형태, 위치 등이 다 같다. 아마도 이 녀석의 역사를 추적해보면 먼 조상이 아틀라스나방이랑 같은 족보임을 알게 될 것이다. 다만 살아가는 환경에 따라서 조금 달라졌을 뿐이다. 이들은 늘 새

아틀라스산누에나방

가중나무고치나방

로운 것을 받아들이면서 살아가기 때문에 조금씩 변할 수밖에
없다. 녀석이 이 세상에서 가장 큰 나방이랑 친척관계임을 알
게 되자 더욱 반가웠다.

수컷인 나방은 자신의 엔진을 점검하듯 날개를 예열하더
니 갑자기 신열이 올라 몸을 부르르 떨었다. 그리고 순간적으
로 날아올랐다가 방충망에 붙었고, 어서 자신을 밖으로 나가게
해달라고 큰 날개로 파닥파닥 소리쳤다. 방충망을 열었다. 나방
은 엔진출력을 최대한으로 올리면서 자연스럽게 이륙하였다.
그러고는 자기 몸속으로 순장한 숱한 잎새들의 소원을 들어주
듯 힘차게 허공으로 활보하였다.

그렇게 날기 위해서 나방은 두 번이나 자신의 생을 희생했다. 애벌레로서의 생, 번데기인 미라의 생, 그 길고 긴 생을 다 놓아버렸다. 그래야만 비로소 나방은 천상의 공간으로 날아갈 수 있었다. 신은 그렇게 자신이 살아온 생을 다 내려놓을 수 있는 생명에게만 하늘을 날 수 있도록 해주었다. 인간이 날 수 없었던 것은 욕망을 내려놓지 않았기 때문이다.

작은 씨앗처럼 알이 뿌려지고, 그곳에서 속삭임 같은 것들이 고물고물 깨어나서 열매를 맺고, 그들이 드디어 꽃이 되어 날아가는 것이다. 그들에게 미라는 열매이고, 화려한 나방은 꽃이다. 그들은 그렇게 천상의 생명처럼 하늘을 날아다닌다. 이 세상 누가 그런 호사를 누릴 수 있을까. 아무리 인간의 문명이 발달한들 그들처럼 바람이 되어 날 수 있을까. 그런 측면에서 그들은 부러운 존재다. 가장 화려하게 피어나는 꽃!

인간은 생태적인 동물이 될 수 없어

그즈음 나는 인간관계 때문에 몹시 힘들어하고 있었다. 10여 년간이나 꼭짓점을 이루면서 의지하고 살아온 지인이 갑자기 단절을 선언했다. 특정한 사회현상을 바라보는 가치의 선이 빗나가자, 지인은 단호하게 나한테 벽을 쌓기 시작했다. 하루하루

숨이 막혀서 살 수가 없었다. 그만큼 나는 그를 좋아했고, 그만큼 의지했다는 뜻이다.

나는 일상이 불가능할 정도로 지쳐버렸고, 종일 숲에서 시간을 땜질하면서 은둔할 수밖에 없었다. 그 관계를 정리하지 못하고 있었으니 지쳐가는 것은 당연하다. 숲에서 날개 달린 것들을 볼 때마다, 내 기억이 존재하지 않은 곳으로 달아나고 싶었다. 인간이 날기 위해서는 손이랑 발을 포기해야 한다. 아무것도 잃지 않고 천사처럼 날겠다는 생각은 환상일 뿐이니까. 어찌 보면 천사란 인간의 욕망이 극대화된 표본이라고 할 수 있다.

난다는 것은 기적이고, 설렘이고, 성스러운 의식이다. 선택된 자들만이 누릴 수 있는 최고의 놀이다. 나방은 그렇게 선택된 자들이다. 선택된 자들의 공통점은, 절대 자연의 순리를 거스르지 않는다는 것이다. 자연의 순리는 서로의 다름을 인정하고 존중해주는 것. 조금만 생각이 달라도 상대를 인정하지 않고 깔아뭉개려고 하는 오만한 독선은 인간들만의 특징이다.

그러고 보니 나랑 단절을 선언한 분도 제법 생태적인 삶을 살기 위해 무진장 애를 썼다. 그제야 나는 그가 전혀 생태적인 삶을 살지 않고 있음을 확신했다. 생태적인 삶이란 서로의 다름을 존중해주는 해탈로부터 시작하니까. 어찌 보면 인간이란 절대로 생태적인 삶을 살 수 없을지도 모른다. 그들은 뼛속까지 비생태적인 동물이다. 더 좋은 차를 굴리겠다는 욕망을 내려놓지 않는 한, 더 많은 돈을 벌겠다는 욕망을 멀리하지 않는한, 더 좋은 집에서 살겠다는 욕망을 내려놓지 않는 한, 자기 자식만을 잘 키우겠다는 욕망을 놓아버리지 않는 한, 그리고 자신의 가치가 절대적으로 옳다는 편견을 버리지 않는 한 인간은 절대 생태적인 동물이 될 수 없다.

두 번째 인연

얼마나 마음앓이가 심했는지 몇 개월 사이 내 무게가 10킬로그램이나 빠졌다. 그러던 어느 날 작은 산초나무에서 가중나무고치나방 애벌레를 만났다. 나는 대뜸 녀석에게 반갑다고 인사했다. 상대가 내 말을 알아듣건 말건 그건 중요하지 않다. 이 순간, 서로 가만히 마주 보고 있다는 사실이 중요하다.

그러고 보니 난 어렸을 때부터 다른 생명체들하고 이런 식으로 소통했다. 어린 시절 난 참 부자였다. 나만의 나무가 수십그루나 있었고, 나만의 바위, 나만의 옹달샘, 나만의 동굴도 여러 개 갖고 있었으니까. 나는 나무의 품에 안겨 책을 읽거나 편지를 썼다. 학교에서 속상한 일을 당했을 때도 나무에게 고해

성사하듯 중얼거리다 보면 이상하게도 마음이 풀어졌다. 그러니 나무하고 말이 통한다고 생각할 수밖에.

그런 기억을 되새기다 보니 눈앞에 있는 초록 애벌레가 작은 소년처럼 보였다. 꼭 어린 시절의 나처럼. 물론 다른 사람이 보았다면 "아니, 저것은 쐐기처럼 무섭게 생겼잖아!" 하고 고개를 흔들었을 수도 있다. 온몸에 독침 모양의 돌기가 빽빽하게 돋아나 있었으니까. 나는 그것이 그냥 위협용일 뿐이고 실제로는 독이 없다는 사실을 잘 알고 있었다. 겁많은 애벌레는 자기 얼굴을 몸속에다 감추고 있어서, 처음에는 어디가 몸 앞쪽이고 어디가 뒤쪽인지 구별할 수도 없었다. 그러다가 몸통 속으로 숨겨진 녀석의 얼굴을 확인하고는 그만 피식 웃고야 말았다.

참으로 신기한 일이다. 초록 벌레를 만나면서 그 지인과의 단절된 시간이 지워지기 시작했다. 애벌레는 늘 내 이야기를 들어주기만 했다. 그런데도 내 마음이 치유되다니, 대체 그가 어떤 마법을 부린 것일까. 내 눈에는 커다란 창문이 생겼다. 숲으로 들어서기만 하면 온갖 풀꽃들이 눈에 들어왔다. 나는 종일 풀꽃들이랑 놀면서 스스로 위로하는 법을 깨달았다.

나는 다시 생활의 활기를 찾았다. 날마다 초록 벌레를 찾아가는 것은 즐거움이었다. 한낮에 갈 수 없을 때는 밤에 갔다. 애벌레는 더 반겨주었고, 상체를 꼿꼿하게 세운 채 쳐다보았다. 나는 밤이 주는 공포도 알지만, 밤이 주는 편안함도 잘 안다. 나는 초록 벌레 앞에서 주절주절 하루 동안 있었던 일들을 떠벌였다. 그 벌레를 만나지 않고서는 하루를 버티어낼 수 없었다.

영원 같은 날들

하루하루가 영원했으면 좋겠다고 재잘거렸다. 그만큼 가중나무고치나방 애벌레하고 보내는 시간이 즐거웠다. 초록 벌레는 노란 얼굴을 몸통 속에다 쏙 감추고 있다가 나랑 말을 할 때만 내밀었다. 턱 아래쪽에 있는 세 쌍의 발을 꼼지락거릴 때는 어찌나 귀여운지 모른다. 나는 애벌레의 하얀 이빨이 나뭇잎 씹어먹는 소리를 가만히 듣고, 똥의 생김새까지 놓치지 않고 보았다. 호두알 닮은 똥은 정교하게 조각이 되어 있었다. 최대한 냄새가 나지 않게 된똥을 누려고 하다 보니, 똥이 단단해지면서 호두알만큼이나 굴곡이 생긴 것이다. 똥에는 애벌레 자신만의 독특한 냄새가 들어 있다. 기생파리나 기생벌은 그런 똥에서 풍기는 냄새를 통해 살아 있는 애벌레를 추적하기도 한다. 특히 그는 천성이 순할 뿐만 아니라 아무런 무장을 하지 않아서 그들의 만만한 표적이 된다. 그래선지 애벌레는 똥을 눌 때마다 거꾸로 몸을 돌리면서 최대한 멀리 떨어트린다.

나는 그에게 아무것도 감추지 않았다. 내가 가장 잘했던 일, 가장 부끄러운 일, 두려움 때문에 시작도 못 하고 좌절했던 순간들, 청년기에 생을 끊으려고 했던 순간들, 첫사랑 그녀에게 마지막으로 전화를 하며 후회하던 순간들까지 다 털어놓을 수 있었다. 이 세상에 그런 친구가 있을까. 나의 모든 것을 존중해주고, 배려해주고, 끝까지 나를 지지해주는 그런 친구. 초록 벌레는 그런 친구였다. 서로의 다름은, 전혀 문제가 되지 않았다.

우리는 함께 밤을 지새우기도 했다. 친구라면 당연히 그래야 하지 않은가.

나는 집오리가 밤이슬을 맞으면 하늘을 날 수 있다는 이야기가 떠올라서 괜히 두 팔을 날개 삼아 파닥거리다가 재채기를 했다. 어느새 밤공기가 제법 차가워져 있었다. 애벌레는 나를 걱정스럽게 쳐다보았다. 나는 오히려 그 친구가 걱정스러웠다.

애벌레는 주변 온도에 따라 체온이 변하니까, 몸도 마음도 아주 차가워졌을 것이다. 그래도 그 친구는 불편한 기색을 보이지 않았다. 애벌레는 평생을 맨몸으로 살아야만 하고, 꼭 필요할 때가 아니면 절대 집을 소유하지 않으며, 불편하더라도 자연의 순리를 따른다. 애벌레는 체온마저도 자연의 흐름을 따라간다. 추워지면 체온이 떨어지면서 그만큼 움직임이 둔해지고, 더워져서 체온이 올라가면서 그만큼 활동적으로 움직이는 것. 자연스러움이란 그런 것이다.

인간은 체온이 떨어지면 죽지만 그들은 그렇지 않다. 나는 새삼 애벌레의 삶이 대단하다고 엄지 척을 했다. 인간이 가장 진화된 동물이라는 생각은 어디까지나 그들의 주관적인 판단일 뿐이다.

초록 벌레는 한낮의 따스함 속에서도 생명을 생각하고, 사납게 나뭇가지를 흔들어대는 비바람 속에서도 생명을 생각하고, 점점 강해지는 밤공기의 서늘함 속에서도 생명을 생각하기에 오롯이 견디어낼 수 있었다. 애벌레는 오직 살아가는 것만 생각한다. 절대 누군가랑 비교하지 않고, 오만하게 잘난 척하지 않고, 오직 자신만을 믿고 신뢰하면서 살아간다는 뜻이다.

나는 벌레의 삶을 조금이라도 더 공감하려고 속옷까지 다 벗었다. 그것이 무모할 수도 있지만, 꼭 한 번 그렇게 해보고 싶었다. 그런 나를 비웃으면서 속살 베도록 날카로운 바람이 몰아치더니 끝내 비가 내렸다. 정수리로 빗물이 흘러내리자, 뜨거운 피들이 반란을 일으키듯이 미쳤냐고 아우성쳤다. 가을비는 우박까지 섞여 있었다. 초록 벌레는 더욱 상체를 빳빳하게 세우면서 우박을 피하지 않았다. 쉴 새 없이 떨어지는 우박은 벌레들의 생명을 앗아갈 수 있는 총알이나 마찬가지다. 친구가 걱정스러웠지만, 당장 내가 더 이상 버틸 수가 없었다. 부랴부랴 젖은 옷을 입었다.

후후후. 그날 밤 나는 고열에 시달렸고, 다음 날 눈을 뜨자마자 비실거리면서 병원으로 가서 도움을 받아야 했다. 인간이란 그렇게 약한 존재다.

늙어버린 친구

감기약을 먹고 나서야 다시 초록 벌레를 찾아갔다. 친구는 무사했다. 감기에 걸리지도 않고, 우박에 맞아 상처가 난 곳도 없었다. 몸이 자연의 순리를 따라가니까 감기에 걸리지 않는 것이다. 감기는 자연의 순리에서 이탈한 존재들만 공격하는 본능을 갖고 있었다.

친구의 등에 돋아난 돌기들은 통통해져서 강한 뿔처럼 보였다. 특히 머리 쪽으로 갈수록 뿔 모양은 도드라지게 굵어졌고, 엉덩이 쪽이 노랗게 물들고 있었다. 그만큼 늙어가고 있었다. 어느새 애벌레는 나보다 더 나이가 들었고, 이제 머잖아 미라가 되어 쉴 집을 지어야만 했다. 그게 그들의 운명이다. 그런데 어찌 된 영문인지 몰라도 그는 집 지을 장소조차 물색하지 않았다.

태양이 최대출력으로 빛을 뿜어내도 낮 기온이 오르지 않았고, 밤 기온은 0도 이하까지 떨어졌다. 당연히 가지에는 초록색 이파리도 없었다. 그러자 애벌레는 노랗게 물든 산초나무 잎을 먹어야 했다. 야속한 바람이 그것마저 떨어뜨리고야 말았다. 그래도 벌레는 집 지을 장소를 물색하지 않았다.

만삭이 된 여뀌들은 제 무게를 감당하지 못하고 자꾸만 누군가에게 의지하려고 하였다. 만선이 된 박주가리의 집에도 씨앗들이 와글와글 터질 지경이었다. 그렇게 가을이 절정으로 치닫고 있었다.

마음이 조급해진 나는 온 숲을 돌아다니면서 싱싱한 산초나무 이파리를 구해다가 가지에다 매달아주었다. 이파리가 시들지 않도록 젖은 휴지를 비닐에다 넣고, 산초나무 가지를 그곳에다 꽂은 채로 꼭 묶어놓았다. 안타깝게도 싱싱한 산초나무 이파리를 찾는 것도 한계가 있었다. 며칠 뒤에는 그 숲을 다 뒤져도 산초나무 이파리를 볼 수 없었다.

전복당한 애벌레의 꿈

나는 몹시 불안해하면서 산초나무 밑으로 가다가 멈춰 섰다. 어, 저게 뭐지? 친구의 몸에서 이상한 변화가 일어나고 있었다. 무소의 뿔처럼 돋아난 돌기 사이사이에서 작은 문이 열렸고, 그곳으로 무엇인가 꿈틀거리면서 나왔다. 출발선 앞에 서 있다가 "땅!" 하는 딱총 소리를 듣고 달리기를 시작하는 아이들처럼, 그의 몸속에서 아주 작은 벌레들이 거의 동시에 쏟아져나왔다. 아아! 어째, 이런 일이! 나도 모르게 묘한 분노가 가슴속에서 용암처럼 끓어올랐다.

친구의 몸속에서 반란이 일어나고 있었다. 그의 영혼을 마비시킨 게릴라들을 용서할 수 없었다. 나는 순간적으로 막대기를 집어 들었다가 주춤거렸다. 내리칠 수도 없고 그렇다고 손으로 잡아낼 수도 없었다. 처참하게 유린당하는 친구를 보면서도 내가 할 수 있는 일이란 아무것도 없었다. 바보 같은 그 녀석은 석고상처럼 굳어버린 채 움직임이 없었다.

그제야 나는 그가 이렇게 추워지도록 집을 짓지 않은 이유를 알았다. 이미 친구의 몸은 기생벌 애벌레들에게 점령당한 상태였다. 친구의 뇌는 기생벌 애벌레들의 포로가 되어 그들의 지령을 받고 있었다. "절대로 집을 지어서는 안 돼. 우리 말을 듣지 않으면 가만두지 않을 거야!" 그들은 끊임없이 친구의 뇌를 위협했다.

게릴라들은 애벌레의 몸속으로 흐르는 피만 먹고 살았다. 애벌레의 몸속으로 흐르는 피는 산소를 운반하지 않는다. 그냥 영양분을 운반하고 저장한다. 그러니까 애벌레의 피는, 그 자체가 음식물을 가득 실은 트럭이나 마찬가지다. 그의 심장이 정지하면 게릴라들의 목숨도 끝나기 때문에, 그들은 장기 하나도 건드리지 않는다. 오직 어미의 자궁 속처럼 이리저리 돌아다니면서 피만 빨아먹었을 뿐. 그래서 그는 아무런 고통도 느끼지 못했다.

게릴라들은 쌀알보다 작은 구더기였다. 수백 마리의 게릴라들이 탈출하는데도 피 한 방울 나오지 않았으니, 어떻게 그럴 수가 있을까. 그것을 뭐라 표현해야만 하는지, 내가 품고 있는 언어의 한계가 느껴진다.

위대한 어머니

나는 자기 몸에서 그런 반란이 일어났는데도 가만히 있는 친구를 이해할 수 없었다. 울먹울먹 이 바보 같은 놈이라고 마구 소리쳤을 뿐, 그랬을 뿐. 나는 그런 상황에 개입할 엄두도 낼 수 없었다. 참담했다. 쓸쓸했다. 쓸쓸하다는 것은 뭔가 잃어버린 것들, 돌이킬 수 없는 것들의 소중함이 느껴진다는 것이다.

어느새 게릴라들이 친구의 등을 덮었다. 끔찍했다. 이것은 정말 상상도 할 수 없는 일이다. 내 유일한 애벌레 친구, 세상에 딱 하나뿐인 친구한테 어떻게 이런 일이.

게릴라들이 실을 뽑아냈다. 그놈들은 바람에 날아가지 않도록 서로서로 실을 연결하고는 마치 누군가에게 무선으로 지령을 받듯이 각자 집을 짓기 시작했다. 평생 친구의 몸속에서만 살아온 구더기들은 추위에 약했고, 새들을 만나면 거의 무방비로 당할 수밖에 없었다. 친구의 건강했던 초록색 몸은 바람이 빠져나간 풍선처럼 홀쭉해지면서 축 늘어졌다.

친구는 어렴풋이 의식을 되찾았다. 아무런 아픔도 느끼지 못했고, 다만 무엇인가 자기 몸에서 빠져나갔다는 것을 느꼈고, 긴 꿈에서 깨어나는 기분이었다. 친구는 갑자기 자신의 등에서 집을 짓고 있는 어린 것들이 보고 싶었다. 무엇이 어떻게 된 것인지 몰라도, 그는 어린 것들이 어서 집을 짓고 안전하게 숨기를 바라고 있었다.

말벌 한 마리가 날아왔다. 며칠간 아무것도 먹지 않고 월동할 곳을 찾아다니던 이 말벌은 암컷이다. 말벌은 기생벌 애벌레들을 잡으려고 다가갔다. 순간 벌레 친구가 불가사의한 힘으로 상체를 들어서 말벌의 얼굴을 후려쳤다. 그 서슬이 어찌나 단호하던지 놀란 말벌은 옆으로 미끄러지면서 간신히 날아올랐다. 말벌은 공중에서 빙글빙글 돌다가 다시 한번 구더기들이 있는 쪽으로 내려앉으려고 했다. 벌레 친구는 조금 전보다 더 거칠게 머리를 흔들어댔다. 말벌은 벌집에서 수백 마리가 함성을 지르며 살아갈 때처럼 용감하지 않았다. 결국 말벌은 어디론가 날아가버렸고, 그제야 벌레 친구의 다리가 풀리면서 지금까지 자신을 붙잡고 있던 모든 마법이 한순간에 풀렸다.

벌레 친구의 몸이, 모든 목숨을 길러내는 대지로 툭 떨어졌다. 벌레 친구는 모든 자식을 출가시키고 죽을 날만 기다리는 어머니의 모습을 하고 있었다. 통통하고 힘에 넘치던 모습은 어디에도 찾아볼 수 없었고, 등은 피부색이 바래서 거친 흰색으로 변해 있었다. 친구는 늙을 대로 늙어버렸고, 모든 힘을 게릴라들에게 빼앗겨버린 상태였다.

그래도 편안한 표정을 지었다. 자신의 뱃속에서 살다가 나온 새끼들, 어쩌면 또다시 수많은 동족의 목숨을 앗아갈 수 있는 무서운 적이지만, 이 순간에는 친자식들이었다. 천적이냐 아니냐 그런 따위의 잣대는 아무런 의미가 없었다. 자기 배 속에서 자랐고, 자신의 살에서 나왔다는 사실이 중요했을 뿐. 친구는 행복했고, 이렇게 땅에 누워서야 비로소 숲 일부가 되었다는 편안한 느낌이 들었다.

아무도 모르는 숲의 신화

나는 친구인 가중나무고치나방 애벌레의 몸에다 손가락을 가져갔다. 그 물컹한 몸에는 아직도 따뜻한 온기가 꺼지지 않았다. "넌 나의 특별한 친구였어. 내가 너를 다 이해한다는 것은 애초부터 불가능한 일이었지만, 그래도 이것 하나는 분명히 깨달았어. 우리는 애초부터 다 같은 것이었구나! 그래, 저 풀도 나무도, 애벌레도, 인간도, 바람도, 물도… 고맙다, 친구야!"

곧 벌레 친구의 움직임이 멈추었고, 바람이 죽음을 애도하면서 강하게 불었다. 근처에 있는 나뭇잎들이 날아와서 그를 덮어주었다.

숲속 나무들은 잎을 모두 떨구고 나서야 제 모습을 드러낸다. 여름에는 거의 절대적인 존재였던 거대한 나무들도 벌거벗자 작은 나무들과 별로 다르지 않았다. 숲은 비로소 평등한 세상이 되었다. 새로운 삶을 꿈꾸기 위해서는 지금까지 지켜온 것을 다 버려야 한다는 것을, 나무들이 온몸으로 보여준다. 바람에 날리는 나뭇잎이 유독 아름다운 것도, 그 생이 가볍기 때문이다. 가볍다는 것은 자유롭다는 뜻이고, 누군가에게 짐이 되지 않는다는 것이고, 더 이상 욕심이 없다는 뜻이다. 나는 나뭇잎이 되어버린 그 애벌레를 보면서, 숲이란 온갖 다른 영혼을 품은 불가사의한 세상이라는 것을 새삼 깨달았다.

그런 숲을 따스하게 만져주던 해는 불덩이가 되어 산 너머로 떨어졌고, 그곳에서 알 수 없는 것들이 불에 붙어 붉은빛을 토해내면서 솟구쳐 올랐다. 그러자 인근 산비탈에서 자라는 무랑 배추에게 튼튼한 힘이 되어주었던 찬바람이 더욱 거세게 일어났고, 그와 동시에 숲 너머로 나뭇잎이 일제히 비상하면서 하늘 가득 솟구쳐 올랐다.

5

서울 한복판에서 길을 잃다

맵시곱추밤나방 애벌레

자기 삶을 열심히 살아가면 꿈을 이룬다.

버스 정류장에서 만난 애벌레

코로나로 미루고 미룬 약속을 감행했다. 후배도 더는 미룰 수 없다고, 사회적 거리 두기를 너무 정직하게 지키고 있는 나를 융통성 없다고 은근히 타박했다. 강남 교대 근처에서 저녁을 먹은 뒤 조용한 찻집에서 묵은 이야기를 나누었다. 그리고 아쉬운 귀갓길을 재촉하다가 그 녀석을 만난 것이다.

아주 작은 애벌레가 바쁘게 걸어가고 있었다.

뭐 숲길이었다면 나 역시 대수롭지 않게 지나쳤을 것이다. 이곳은 서울에서도 통행량이 많은 강남 한복판이고, 게다가 버스 정류장 근처였다.

사람들은 그까짓 벌레 한 마리가 밟혀 죽는 것에 대해서 신경 쓰지 않는다. 나 역시 마찬가지다. 다만 그날은 공교롭게도 후배랑 벌레 이야기를 끝도 없이 늘어놓았고, 우연히 작은 벌레가 내 눈에 띄었을 뿐이다. 주말농장을 한다는 후배가 밭에서 만난 벌레 사진을 보여주자, 나 역시 집에서 같이 사는 벌레 사진을 보여주면서 우리의 대화는 숱한 벌레에서 벌레로 끊임없이 꿈틀거렸다.

까만색 바탕에 노란 줄무늬가 배합된 애벌레는 분명 눈에 익었다. 이 녀석을 어디서 봤더라! 그렇게 내가 중얼거리는 사이에, 애벌레는 아슬아슬 사람들 걸음걸이 사이로 질주했다. 거침없는 뜀박질이다.

후배도 나랑 같이 쪼그려 앉아서 애벌레를 내려다봤다.

애벌레는 자기 속도만 믿고 방향을 상실한 채 차도로 뛰어들었다. 후배가 걱정스러운 눈빛으로 "어어어!" 하고 낮게 소리쳤다. 나도 모르게 녀석을 손아귀에다 움켜쥐었다. "설마, 이것도 데려가서 키우시려고요?" 아니라고 고개를 흔들고 싶었는데, 은연중에 고개를 끄덕이고야 말았다. 왜 그랬는지 나도 모르겠다. 나는 어색하게 웃으면서 슬쩍 주위를 돌아다보았다. 다른 사람들 눈길이 더 의식되었다. 후배가 자기 몸으로 애벌레를 가려주었다.

나는 가방에서 작은 비닐팩을 끄집어냈다. 그런 다음 담장 위에서 자란 풀을 뜯어서 비닐팩 속에다 수북하게 깔았다. "선배님, 힘내세요! 제발 무사히 애벌레랑 같이 집에 도착하기를…" 후배는 소중한 비밀을 공유한 눈빛으로 웃어주었다.

나는 지하철에 빈자리가 있어도 일부러 앉지 않았다. 애벌레가 든 가방은 지퍼를 잠그지 않았으니 자꾸만 주변 눈길이 의식되었다. 그러다가 어느 시골 책방에서 보았던 애벌레에 대한 기억이 떠올랐다.

시골 책방에서

5, 6년 전이다. 마을의 지인들과 함께 바닷가 작은 마을로 나들이하였다. 다들 책을 각별하게 생각하는 분들이라 마을서점을 겸하고 있는 민박집에서 숙박하기로 했다.

책이란 먼저 손으로 읽는 것이다. 그래서 책방에 가면 손으로 만질 수 있는 곳에 모셔져 있고, 그렇게 수천 년간 귀한 대접을 받으면서 살아왔다. 그랬으니 자신의 팔자가 이렇게 힘해질 줄은 상상도 못 했으리라. 이제는 책으로 생겨나오면 손이 닿을 수 없는 인터넷 서점으로 가야만 하고, 손냄새가 느껴지는 책방에서 책을 모셔가는 경우란 아주 드물어졌다. 그러니

책으로 생겨 나와 누군가의 손길 한 번 받아보지 못하고 생을 마감하는 경우가 허다하다. 책의 운명이 그렇게 초라해진 것이다. 여행자들은 그런 책의 아픔을 잘 알고 있었다.

연륜 있는 한옥의 생김을 그대로 존중해주고 내부만 적절하게 어루만진 그 책방에 있는 책들은 행복해 보였다. 팔리냐 안 팔리냐 하는 것은 그들에게 아무런 의미가 없었다. 이렇게 소중한 공간에 머물다가 간다는 것만으로도, 이렇게 누군가의 따뜻한 손길을 받아본다는 것만으로도 행운이었다.

나는 그곳에서 사는 책들의 숨소리와 웃음소리까지 다 느낄 수 있었다. 어떤 책들은 들떠 있었고, 어떤 책은 이곳을 떠나는 것에 대해서 아쉬워했다. 어떤 책은 벌써 내 취향까지 알아내고 은근히 동행하고 싶다는 신호를 보냈다. 그렇게 우리는 책이랑 끝도 없이 수다를 떨었다.

책값을 계산하는 여주인은 어딘지 박제된 듯한 무표정이었다. 어떤 이상을 품고서 시골에 책방을 차리고 나서 겪었을 온갖 허무함, 내가 상상조차 할 수 없는 경제적인 어려움, 주변의 이상한 눈초리와 온갖 까탈스러운 텃세들, 그 밖에도 힘겨웠을 시간의 무게가 왠지 모르게 함께 다가왔다.

그래도 다음 날 조촐하게 아침 끼니를 제공하겠다고 했을 때, 주인장한테 받은 차가운 눈빛이 조금은 따뜻해졌다. 밥에서 금방 뜯어온 상추가 적당히 양념에 버무려져서 눈맛부터 자극하고 있었다. 나는 상추겉절이를 젓가락으로 뒤적거리다가 "헉!" 하고 터져 나오는 한숨을 간신히 억눌렀다. 다행히 아무도 나에게 신경을 쓰지 않았다. 손이 부르르 떨렸다. 나는 젓가락으로 꼼지락거리는 것을 상추에다 감싸서 얼른 휴지로 덮었다. 만약 그것을 누군가 본다면 비명이 터질 것이고, 아마도 아침을 먹기란 어려울 것이다.

나는 천천히 화장실로 가서 휴지에 싸인 벌레를 변기통에다 집어넣었다. 이럴 필요까지는 없잖아! 저 창문으로 던지면 되는 것을. 그렇게 중얼거렸지만, 어느새 변기의 물을 내리는 내 손을 통제할 수가 없었다. 그놈이 어디론가 사라져버리고 나자 묘한 안도감과 동시에 얼굴에서 열이 올랐다. 나는 열이 식어 내릴 때까지 찬물로 얼굴을 씻어댔다.

나는 다시 겉절이를 입에 담을 수가 없었다.

자라 새끼를 풀어주던 소년

나는 기억 속에 남아 있는 벌레를 새삼 확인하고 싶었고, 그래서 살짝 가방을 열어 들여다보았다. 똑같았다. 그때 겉절이 속에서 꼼지락거리던 바로 그 애벌레 족이었다.

나는 그 기억을 후배에게 전화로 알렸다. 후배는 이래서 인연이라는 말이 나온 거 아니냐고 웃었다. 어쩌다 본의 아니게 인간의 식탁에 올라왔다는 죄로 죽임을 당했고, 또 어쩌다가 인간이 사는 대도시로 추락했으니 그 결과 역시 비참한 죽음이었을 텐데 그것을 구해줬으니 기가 막힌 인연이 아니냐고 말했다.

그날따라 지하철의 속도는 원망스러울 정도로 느렸다. 나는 몇 초 간격으로 가방 속 녀석의 동태를 살피면서, 제발 조금만 참아라, 하는 말을 되풀이했다. 모든 목숨이 마찬가지겠지만 벌레도 어린 시절이 가장 위험하다. 더구나 나는 지금 이 벌레의 건강 상태를 정확하게 알아낼 재간이 없다. 녀석이 언제쯤 나무에서 떨어졌는지, 얼마나 굶었는지, 얼마나 두려워하고 있는지 아무것도 모른다. 게다가 지금은 밀폐된 비닐 속에 갇혀 있다. 이래저래 벌레에게는 고통스러운 순간이다.

갑자기 한 소년이 떠올랐다. 소년은 검정 고무신을 들고 있었다. 고무신 안에는 절반가량 물이 찰방거리고 있었고, 백원짜리 동전만 한 자라 한 마리가 흔들리고 있었다. 소년은 자라 새끼가 살았던 저수지를 몇 번이나 뒤돌아보다가도 뜨거운 자갈을 디딜 때마다 얼굴을 찌푸렸으나 이내 환해지면서 거의 뛰다시피 했다. "조금만 참아, 조금만 참아. 내가 집에 가서 근사한 연못을 만들어줄게!" 소년은 고무신 속에 있는 자라를 보면서 계속 말을 걸었다. 세상에서 가장 소중한 것을 가진 듯한 눈빛이었다.

그렇게 2킬로미터를 단숨에 걸어온 소년은 마당으로 들어서자마자 마주친 할아버지한테 아주 자랑스럽게 소리쳤다. "할아버지, 자라 새끼 잡아 왔어요! 제가 연못을 파고 기를 거예요!" 뜻밖에도 할아버지는 소년이 잡아 온 자라를 보더니 찌렁찌렁 목소리로 호통 벼락을 내렸다. "이노옴, 네 할아버지를 잡아 오는 놈이 어딨느냐? 자라는 우리 경주이씨의 시조이시다! 어서 잡아 온 곳에다 풀어주고 오너라!" 소년은 그때까지 할아버지가 누군가에게 욕을 하거나 큰소리 지르는 것을 한 번도 보지 못했다. 당연히 소년에게도 꾸중 한 번 하지 않았다.

유학자였던 할아버지는 늘 조용히 책만 보셨다. 그래선지 소년은 깜짝 놀라면서 할아버지를 보았고, 그것이 사실이냐고 다시 물었다. 할아버지는 천천히 고개를 끄덕여주었다. 모든 성씨마다 시조는 동물이라는 것이었다. 사람이 살기 위해서 어쩔 수 없이 동물을 잡기는 하지만 그래도 자기 조상을 함부로 잡아서야 되겠냐고 하면서, 당장 잡아 온 곳에다 풀어주고 오라고 하였다.

소년은 대뜸 알았다고 대답하고는 돌아섰다. 이상하게도

전혀 서운하지 않았다. 오히려 기뻤다. 자라가 조상이라는 말이 묘하게도 소년을 들뜨게 하였다. 자라는 그 어떤 동물보다 신비스럽고 영악하다고 소문이 나 있었다. 또한 용왕이 가장 신뢰하는 부하가 아닌가.

소년은 그 먼 길을, 날개도 없이, 오직 맨발로, 절룩거리면서 돌아가야 했다. 하늘에서 항해하던 먹장구름은 철저하게 소년이 가는 길을 외면했고, 구름 사이로 쏟아대는 햇살이 어찌나 따가웠는지 모른다. 땡볕에 달궈진 자갈뿐만 아니라 온갖 가시와 사금파리 조각까지 소년의 발바닥을 찔러댔다. 그런 아픔을 느낄 때마다 소년은 허리를 굽히면서도, 신발의 중심을 흐트러트리지 않았다. 행여 신발 속 물의 온도가 너무 올라가서 자라가 힘들어할세라 도랑에서 끊임없이 물을 새로 보충하고, 끊임없이 풀을 뜯어 신발 속 물에다 띄워주었다.

드디어 힘겹게 도착한 저수지에다 자라를 풀어주고는 꾸벅 절까지 하였다. "할아버지, 죄송해요, 제가 몰라봐서요. 안녕히 가세요!" 자라가 저수지 물속으로 사라지자 큰일을 해낸 기분으로 기뻤다.

조상들이 물려준 특별한 신앙

그 사건은 어린 소년에게 자연을 보는 눈을 교정해주었다. 모든 동물은 저마다 비밀이 있구나! 저마다 인간이랑 이어져 있구나! 저마다 생겨난 이유가 있구나! 함부로 해서는 안 되는구나! 그런 신성한 서사가 소년의 머릿속에서 뿌리를 내리기 시작했다.

그때부터 할아버지 할머니가 일상적으로 읊조리던 신을 존중하고 받아들였다. 소년은 그런 신을 믿고 살아갔다. 어른이 된 뒤에는, 조상들이 신을 믿고 살아가라고 신앙심을 심어준 점, 그것만큼은 늘 고맙게 생각했다. 어떤 신이었어도 다 괜찮았겠지만, 온갖 동물 신, 나무 신, 그리고 산신령 같은 존재들을 믿게 해준 것이 더욱 고마웠다. 왜냐면 소년에게 세상을 넓게 볼 수 있도록 해주었기 때문이다.

조상님들은 단 한 번도 그런 신을 믿으면 천국에 간다거나 부자가 될 수 있다거나 혹은 출세할 수 있다는 식의 개인적인 욕망을 자극하는 달콤한 말을 남발하지 않았다. 오로지 그것을 믿어야만 인간과 세상이 모두 평화롭다고 했을 뿐이다. 소년은 그 말이 너무나도 실재적으로 들렸고, 그런 세상이 되어야 한다고 생각했다. 어떤 개인 욕망도 자극하지 않았으니 얼마나 고마운 일인가.

내가 생의 근원을 탐구하는 것은, 그것이 예술이 아니라고 판단하는 것은 그런 신앙심 때문이다. 나는 예술가로서 축복받은 씨앗을 물려받은 셈이다.

내 이야기를 들은 후배는 오늘 하루가 자신이 살아온 세월보다 길게 느껴질 만큼 많은 이야기를 들었다고 하면서 고맙다고 문자를 보내왔다.

먹어야 산다

집에 오자마자 애벌레가 든 비닐 팩을 끄집어냈다. 벌레는 지치고 지쳤는지, 아니면 차멀미가 심해서 그런지 움직이지 않았다. "야, 강남 거리를 헤집고 다니듯이 걸어 봐! 넌 강남 집시야!" 내가 녀석을 툭 건드리면서 말해도 소용없었다.

만약 벌레가 인간이라면 의사들은 수액주사라도 먼저 놓아주었을 테지만, 상대가 벌레라서 그럴 수도 없었다. 우선 먹어야 한다. 그래야 산다. 나는 냉장고를 뒤졌다. 상추는 하나도 없었다. 이 밤중에 어디서 상추를 구해올 수도 없었다.

나는 마당으로 나가서 온갖 나뭇잎과 풀을 뜯어왔다. 30여 종이었다. 제발 그중에 하나라도 먹기만 한다면 살 수 있다. 애벌레는 기력이 무척 떨어져서 제대로 걷지도 못했다. 걸핏하면 넘어져서 배를 드러냈다. 중환자실로 입원시켜야 할 상황이었다. 애벌레가 아무것도 먹지 않는다면 얼마 버티지 못한다.

자세히 보니까 어린 애벌레는 잔털이 많이 나 있었고, 세 쌍의 까만 앞발이 다른 벌레들에 비해서 큰 편이다. 애벌레의 몸은 마치 참기름을 바른 것처럼 윤기가 흘렀다.

다음 날 아침 아랫마을까지 가서 상추를 구해왔다. 너무 굶주려서 그랬는지 몰라도 애벌레는 상추를 몇 번 씹어대더니 연초록색 피를 토해냈다. 이유를 알 수 없었다. 그러더니 더 이상 상추를 먹지 않았고, 스스로 생을 포기하듯이 웅크린 채 움직이지 않았다. 아, 절망스러웠다. 괜히 데려왔구나! 후회가 어찌나 거칠게 마음을 흔들어대던지, 밥맛조차 없었다.

후배는 계속 벌레의 상태를 물어왔고, 나는 살아날 가망이 없다고 답장을 보냈다. 내가 할 수 있는 것이 더 이상 없었다. 이제는 신이 그를 이 세상으로 내보냈을 때의 힘, 살아가는 벌레의 근원적인 힘을 믿을 수밖에 없었다.

나는 벌레를 마당에다 풀어놓았다. 녀석은 풀냄새를 맡자마자 마지막 힘을 냈다. 풀은 늘 흔들리면서 무심해 보이지만, 살아가는 만큼 더 단단해져 있었다. 나는 애벌레가 그 단단함을 믿고 아무 줄기나 타고 올라가기를 기대했다. 안타깝게도 녀석은 쓰러진 작은 풀줄기조차 제대로 넘지 못하고 뒹굴었다. 그러다가도 개미들이 다가오면 달아나고, 또 넘어지고, 그렇게 일어나서 풀냄새를 맡았다. 두 시간, 세 시간, 벌레는 점점 느려졌다. 시간은 벌레의 편이 아니었다.

내가 포기하고 돌아서려고 할 때 바람이 애벌레를 향해 와락 달려들었고, 그는 바람이 흔들어주는 왕고들빼기 냄새를 맡더니 그곳으로 걸어갔다. 안타깝게도 벌레는 왕고들빼기 줄기에 오르기가 불가능할 정도로 체력이 떨어져 있었다. 그래도 포기하지 않고 오르려고 하다가 계속 떨어지자, 몸이 뒤집힌 채로 움직이지 않았다. 개미들이 와도 움직이지 않았다.

다급해진 내가 녀석을 구해서 애벌레 방으로 데려왔다. 왕고들빼기를 꺾어다가 작은 상자에다 넣어주었다. 몇 시간 뒤에 들여다보았더니, 애벌레가 그것을 힘겹게 먹고 있었다. 아, 살고 싶어 하는구나! 애벌레는 몇 번이나 먹었던 것을 토하고, 연초록 피까지 토해냈다. 그래도 억지로 왕고들빼기를 먹고 또 먹었다. 아직은 힘이 없어서 왕고들빼기 줄기로 올라가지는 못했다. 나는 이 목숨이 여기서 끊어지지 않고 이어질 수 있다고 확신했다.

왕고들빼기를 선택한 이유

다음 날 아침이 되어서야 애벌레는 왕고들빼기 줄기 위로 올라 갔다. 이제는 바람이 왕고들빼기 줄기를 마구 흔들어대도, 녀석은 그 흔들림을 즐겼다.

노랗고 까만 반점이 뒤섞인 애벌레의 가늘고 길쭉한 몸은 "어머, 저거 뱀 아냐?" 하고 경계심을 갖게 한다. 내가 손으로 만지려고 하면 상체를 일으키고는 "야, 작다고 날 무시하는 거야? 제발 귀찮게 하지 말라고!" 하듯 제법 야무지게 흔들어댄 다. 그 기세에 놀라 나도 모르게 얼른 손을 거둬들일 정도였다.

녀석은 맵시곱추밤나방 애벌레였다. 비교적 흔한 녀석이 다. 맵시곱추밤나방 애벌레는 까칠까칠한 털보다 몸 색깔을 더 중시했다. 검은색과 노란색이 적절하게 뒤섞인 옷은 화려 하게 눈을 자극했다. 알록달록 색깔은 시각에 의존하는 새 를 염두에 둔 무기인 셈이다. 검정과 노란색의 궁합은 극 단적일 정도로 이질적이면서도 본질적인 서로의 색을 더 욱 강조해준다. 그런 색을 가진 것들은 독을 품고 있는 경 우가 많은데, 이 녀석은 전혀 그런 무장을 하고 있지 않다. 생김새만 그러할 뿐 순 겁쟁이다.

애벌레는 몸이 커질수록 강렬한 카리스마를 내뿜으면서

뱀 같다는 공포심을 주기는 해도 긍정적이고 발랄한 성격의 소유자였다. 그의 앞발은 고양이 발톱처럼 날카로웠다. 그러니까 몸이 떨어지지 않도록 나무줄기를 꼭 움켜쥐는 것보다 이파리를 잡아서 끌어당기기에 더 좋은 구조였다. 허공으로 솟은 나뭇가지에다 자신의 몸을 밀착시키고 살아가는 애벌레들에 비하면, 거의 상상을 초월하는 동적인 삶이다. 그만큼 녀석은 움직임이 많다. 그의 삶이란 늘 자기 자신과의 투쟁인데, 그런 과정을 묵묵히 걸어가지 않으면 살아남을 수가 없다.

"야, 먹보야!" 나는 가끔 그렇게 소리치기도 했다. 녀석은 몸이 크지 않건만 식사량이 제법 많은 편이다. 우리 집을 거쳐간 녀석들 중에서는 손에 꼽힐 만큼 식성이 좋다. 다행스러운 것은, 녀석이 즐겨 먹는 왕고들빼기가 다른 풀에 비해서 성장 속도가 무척 빠르다는 사실이다. 왕고들빼기는 몸통을 중심으로 이파리를 빼곡하게 돌려가면서 배치하여 삽시간에 다른 풀들을 제압해버린다. 그만큼 독점적이고 힘이 막강한 풀이다. 식성이 좋은 그의 조상이 왕고들빼기를 선택한 것은 참으로 현명한 결정이었다. 게다가 산과 들에는 왕고들빼기들이 널려 있으니 후손들의 식량 걱정을 해결해준 셈이다.

비가 내리면 일부러 왕고들빼기가 꽂혀 있는 물통을 베란다 밖에다 내놓았다. 그러면 왕고들빼기에 붙어 있던 맵시곱추밤나방 애벌레는 아무것도 먹지 않고 묵묵히 그 물방울을 온몸으로 받아냈다. 그 먹보가 배고픔을 참아낸다는 것이 믿어지지 않았다. 빗방울은 애벌레들에게 먹는 것조차 금지한 채 오로지 휴식만을 강요했다.

생을 정리하는 시간

몸이 커지자 맵시곱추밤나방 애벌레는 면도라도 한 것처럼 잔털이 사라졌으며 더욱 광택이 났다. 몸은 터질 것처럼 탱탱해졌다. 애벌레가 우리 집에 온 지 열흘쯤 되었을까. 녀석이 단식에 들어가자, 나는 후배에게 이제 작별할 시간이 되었음을 알렸다. 후배는 너무 빠르지 않냐고 했지만, 벌레들의 삶을 인간의 시간으로 가늠할 수는 없지 않은가. 이미 그는 벌레로서 늙어가고 있었으니까. 종일 단식하면서 생을 정리하던 애벌레는 어둠이 깔리자 잠시 살아온 풀에 대한 고마움을 표시하듯 가장 높은 곳으로 올라가서 주위를 둘러보았다.

그곳에서 밤을 지새우고는 새벽이 되자 땅으로 내려왔다. 주위를 예민하게 살피고, 근처에 떨어진 나뭇잎이 있으면 그냥 지나치지 않았다. 그곳 냄새를 맡아보고, 굴곡진 곳으로 들어간다. 몸이 가늘어서 낙엽들 사이로 파고들기도 쉽다. 애벌레는 조금이라도 마음에 들지 않으면 다시 나와서 다른 곳으로 움직였다.

애벌레는 종일 이곳저곳을 돌아다니더니 해 질 무렵 촉촉한 낙엽 밑으로 들어갔다. 슬그머니 들여다보니까, 한동안 숨을 고르더니 곧장 작업을 시작했다. 썩어가는 낙엽을 잘게 부수어서 자기를 중심으로 모은다. 그러고는 미세한 실을 뽑아내서 그물을 짜듯이 촘촘하게 엮어나간다. 썩은 낙엽을 잘라 살구알 정도로 덩어리를 만들더니, 안쪽으로 들어갈수록 더욱 세밀하게 썩은 낙엽을 반죽해서 실내를 꾸몄다. 썩은 낙엽을 건축재료로 이용하다 보니, 자신의 살에서 뽑아내야 하는 실의 양이 많지 않아도 된다. 그러니 몸을 비대하게 키울 필요도 없었다. 다른 애벌레들이 긴 시간을 살아가면서 몸을 살찌우는 것은, 집 공사에 쓸 많은 양의 실을 확보하기 위해서다. 그에 비하면 이 녀석은 훨씬 경제적으로 살아가는 셈이다.

썩어가는 낙엽은 가공하기 쉽고 언제든 구할 수 있다. 누군가에게 허락을 맡지 않아도 되니 얼마나 좋은가. 재료가 많아서 아낄 필요도 없다. 낙엽으로 만든 집은 수분조절이 잘 되고 통기도 잘 된다. 최고의 건축재료다.

전통에 충실한 건축양식

맵시곱추밤나방 애벌레는 집 내부를 타원형으로 꾸며가는데, 세상이 둥글다는 것을 새삼 다시 알려준다. 모든 나무가 그렇고, 풀, 열매, 심지어 인간의 몸도 둥글고, 무섭게 질주하는 시간조차 둥글다. 오직 인간이 만들어낸 욕망의 덩어리들만 둥글둥글함을 거부하고 있다. 인간의 모든 집들, 자동차, 온갖 물건들은 다 네모다. 네모는 자연의 전통에서 벗어난 이단이다. 그러니까 신은 인간을 둥글게 만들었지만, 정작 인간은 그런 전통을 무시하고 네모난 각진 삶을 살아간다.

맵시곱추밤나방 애벌레는 사치스러울 만큼 넓은 집에서 떼굴떼굴 굴러다니면서 미라로 변해간다. 내가 부러울 정도로 훌륭한 집이다. 손으로 만지면 말랑말랑해도 밖에서는 도저히 뜯어낼 수 없다. 땅속이라 단단하지 않아도 된다.

집이 완성되자 애벌레의 몸에서는 촉촉한 왕고들빼기 냄새가 난다. 공간이 이렇게 좁혀지자, 냄새마저도 솔직해진다.

이제 땅속에서의 삶을 준비한다. 살아가는 모든 것들이 그러하듯 애벌레는 늘 새로운 환생을 꿈꾼다.

애벌레의 환상적인 집을 보면서, 환갑이 가까워지도록 아직 제대로 된 집 하나 장만하지 못하고 있는 내 처지가 부끄럽고 그가 부럽기도 하였다.

나는 도시의 길을 걸으면서도 행여나 맵시곱추밤나방 애벌레 같은 녀석들을 밟을세라 더욱 세심하게 아래쪽으로 눈빛을 낮추는 버릇도 생겼다. 그렇게 엉거주춤하는 버릇이 뿌리를 내리자 세상 눈치를 덜 보게 되어 오히려 고마웠다. 그리고 길에서 애벌레를 만나면 나도 모르게 고개를 숙이고 녀석을 손바닥에 오르게 한 다음 근처 풀밭에다 내려놓았다.

공정한 삶

땅속에다 지은 집으로 사라진 맵시곱추밤나방 애벌레는 예상보다 빠르게 내 앞에 나타났다. 불과 보름 뒤였다. 아침에 눈을 떠보니, 애벌레가 사라진 집 근처에서 새로 환생한 작은 나방 한 마리가 나를 불렀다. 내 엄지손톱보다 조금 큰 나방은 수컷이다. 보기만 해도 섬뜩했던 녀석의 변신은 나를 놀라게 했다.

녀석은 색채의 화려함보다는 섬세한 디자인으로 재단한 옷을 입고 있다. 잿빛 기하학적인 무늬가 독특하고 세련되었다. 그놈이 얼마나 멋쟁이인지, 얼마나 미적인 가치가 까다로운지 새삼 알 수 있었다. 애벌레의 변신을 축하하면서도 한편으로는 성실하게 자기 삶을 살아내기만 하면 꿈을 이룰 수 있는 그들의 삶이 부러웠다. 인간은 아무리 열심히 살아도 꿈을 이루지 못할 때가 많지 않은가. 그것조차도 성적에 따라, 출신 학교에 따라, 부모의 능력에 따라, 또 다른 조건에 따라 정해지는 때가 많지 않던가.

6

이토록 넓고 자애로운 나무의 품에서

반달누에나방 애벌레

나무와 애벌레는 지나간 시간을 전혀 후회하지 않는다.

식물들의 망명

뒷산이 개발된다는 소문을 귀동냥한 뒤로는 그곳에서 사는 나무, 풀, 곤충, 심지어 썩은 나무조차 마주치는 것이 괴로웠다. 개발이란 곧 살육이다. 헤아릴 수 없을 만큼 많은 목숨이 사라지게 한 다음, 인간이 점령군으로 그곳을 초기화시키고 온갖 건축물을 심는다. 그러니까 인간은 숲을 파괴하는 무시무시한 해충이다. 그런 자책감에 젖어 들었다. 내가 할 수 있는 최선이 무엇일까 고민하다가 식물들의 망명을 돕기로 했다. 망명지는 우리 마당밖에 없었다.

임대주택이라 그들이 얼마나 우리 집에서 버틸 수 있을지 모른다. 그래도 일단 살려놓고 보자는 절박한 심정으로 무모한 짓을 한 셈이다. 그랬으니 집주인이 들어온다는 통보를 받고 얼마나 착잡했는지 모른다.

인간은 진달래의 분홍빛 숨결이 터져야만 봄이 왔다고 생각하니까, 적어도 그 꽃은 봄에 대한 지분을 상당히 갖고 있는 셈이다. 나는 진달래들이 산허리에서 서성대기 시작할 즈음부터 이사 준비를 했다. 숲에서 망명해온 것들 때문에 고민이 많았다. 풀꽃은 100종이 넘고, 나무는 20종이 넘으니 서너 대의 트럭이 필요했다.

애벌레 이사

간밤에 봄바람은 비를 부르고, 어린 새싹을 깨우고, 땅마저도 들뜨게 하였다. 씨앗들이 음복하기 좋을 만큼 적당한 양의 비가 내렸다. 나무와 풀을 이사시키는 날이라서 나는 약간 들떠 있었다. 마당으로 나가서 연장을 챙길 때 이사 갈 집에서 연락이 왔다. 나무를 옮겨 심으려면 종일 낯선 사람들이 마당에서 시끄러울 텐데, 아무래도 그것이 부담스럽다고 하면서 정중하게 오늘 예정된 일정을 거절했다. 그분들이 양해해주지 않으면 불가능한 일이기 때문에 어쩔 수 없다고 체념했다. 그래서 나무는 포기하고 풀꽃만 살림살이가 들어가는 내일 옮기기로 하였다. 그러기 위해서는 오늘 중으로 옮겨갈 풀꽃을 파서 상자에다 담아놓아야 한다.

그 작업을 거의 갈무리할 즈음 우체통 옆에 있는 병꽃나무 쪽으로 갔다. 내가 유독 아끼던 나무였다. 안타깝기도 해도 어쩔 수 없다고 한숨을 내쉬다가 우체통 쪽으로 뻗은 가지에서 뭔가를 보았다. 길쭉한 애벌레였다. 거꾸로 나무줄기를 붙들고 있는 애벌레는 뱃가죽이 갈색이라 그냥 나뭇가지나 다름없었다. 밑에서 올려다봐야 초록색 등이 보였다. 그것이 어찌 내 눈에 들어왔는지 모르겠다.

순간 마음이 짠했다. 이사하자마자 마당 공사가 시작된다는 말을 이미 들었고, 그러니 병꽃나무는 파헤쳐질 게 뻔하다. 애벌레의 운명도 뻔하다. 순간 나도 모르게 애벌레를 데려가야겠다고 중얼거리고는 담아갈 종이상자를 찾아 나섰다.

바람이 불었다. 마당 가 나무들이 비늘 같은 이파리를 하염없이 반짝거리면서, 바람의 지휘를 받아 이리저리 밀물져 왔다가 다시금 밀려 나간다. 그 속에서 따돌림이란 없다. 모두가 한타령으로 흔들리면서 살아간다. 그렇게 모두가 살아가는 힘으로 자연은 수억 년이라는 시간을 버티어왔다. 바람과 나뭇잎은 수많은 잡담을 나누며 살아가고, 애벌레는 그들의 수런거림을 들으면서 살아간다.

애벌레도 뿌리가 있다. 나무와 한 몸으로 살기에, 나무의 뿌리는 애벌레의 뿌리나 마찬가지다. 새삼 그런 생각이 들었다. 애벌레를 데려가기로 했으니 당연히 병꽃나무도 함께 가야 하지 않는가. 승용차 안은 이미 풀꽃이 담긴 상자가 가득 차 있어서 병꽃나무가 들어갈 공간이 없었다. 그러니 내일 풀꽃이랑 함께 병꽃나무를 이사시킬 수 없었다. 병꽃나무를 옮기기 위해서는 오늘밖에 시간이 없었다.

나는 이사 갈 집에 사는 분에게 다시금 연락하였다. 워낙 소중한 나무라서 꼭 가져가야 하는데, 내일은 시간이 안 되니 오늘 잠깐 가서 심을 수 있도록 배려를 해달라고 부탁했다. 나무 한 그루도 소중한 것이라는 말에, 그분도 망설이다가 수락했다. 나는 부랴부랴 차 안에 있는 풀꽃이 든 상자를 내리고 병꽃나무를 실었다.

내가 이사 갈 마당으로 들어서자 그 집에 살고 있던 사람들이 나와서 병꽃나무를 보았다. "대체 이 나무가 무슨 나무길래, 이렇게 신줏단지 모시듯 하는 겁니까?" 나는 헤헤헤 웃으면서 개인적으로 사연이 있는 나무라고 대답했다. 그들은 가지를 손으로 만져도 보고 냄새도 맡아보면서 고개를 갸우뚱거렸다. 그때마다 그들이 애벌레의 존재를 알아챌까 봐 얼마나 조마조

마했는지 모른다. 나는 그들을 믿을 수 없었다. 벌레 때문에 나무를 이사시켰다고 하면 그들이 뭐라고 할까. 어쩌면 나를 이상한 사람으로 취급할지도 모른다. 다행스럽게도 그들은 병꽃나무에 붙어 있는 벌레의 존재를 눈치채지 못했다. 다음 날 이삿짐 차와 함께 그곳에 도착하자마자 병꽃나무로 뛰다시피 하였다. 애벌레는 무사했다.

숲을 파괴하는 유일한 동물

그놈은 반달누에나방 애벌레였다. 보통 누에나방 애벌레들은 몸이 통통한 편이다. 그에 비해 이놈은 가늘고 길쭉했으며, 등에 가시 같은 돌기가 나 있어서 독을 가졌을지도 모른다는 선입견을 주었다. 특히 머리 쪽으로 갈수록 돌기는 크고 끝이 더 날카롭다. 평소에는 늘 거꾸로 매달려 있어서 돌기가 거의 보이지 않았다. 위에서 보면 갈색 배만 노출되어 나뭇가지랑 비슷했다. 당연히 애벌레를 구별해내기란 거의 불가능하다.

애벌레는 새우하고 비슷하게 생겼다. 길쭉한 몸이며, 앞뒤가 뾰족하고, 등에 뾰족뾰족한 돌기가 있어서 더욱 그렇게 보인다. 애벌레는 뒷다리를 나뭇가지에다 꼭 붙들어 매고는, 마디마디 탄력적인 몸을 쭉 늘여서 나뭇잎을 먹는다. 때론 위태로

울 정도로 길게 몸을 늘려야 하고, 몸을 활처럼 휘면서 뒤틀기도 한다. 등 뒤로 90도 아니 그보다 더 꺾는다. 심지어 등과 등이 만나도록 불편한 자세를 취하면서도 이파리를 잡아당겨서 뜯어먹는다. 그래도 뒷다리로 고정한 몸은 끄떡없다. 그런 몸짓은 나중에 집을 짓기 위한 연습이기도 하다. 집을 지을 때 좁은 공간에서 이리저리 몸을 뒤틀어야 하니까. 그런 연습을 자연스레 하는 셈이다.

어느 날 이웃집 할아버지가 대체 무슨 나무이기에 그토록 정성을 들여서 보살피냐고 물었다. 숲에 가면 흔하게 볼 수 있는 병꽃나무라고 했다. 뭔가 기대에 찼던 할아버지의 눈빛이 그만 어이없다는 표정으로 흐려지고야 말았다. 왜 그런 나무를 애써 보살피냐고 다시 물었다. 나는 사랑스러운 벌레가 살기 때문이라고 웃었다. 할아버지는 직접 확인해야겠다고 오더니 "진짜 벌레가 살고 있네! 저 벌레가 아주 귀하고 예쁜 나비가 되는 모양이죠?" 하기에 엉거주춤 고개를 끄덕여주었다. 할아버지는 해충인 벌레는 좋겠지만 나무 입장에서는 불만이 많을 것이라고 했다.

나는 단호하게 부정하고 싶은 충동을 꾹 참았다. 숲을 파괴하는 것은 벌레들이 아니라 인간들이다. 애벌레들은 나뭇잎 몇 개를 뜯어먹고도 해충이라고 비난받는다. 그렇다면 저 숲을 아예 깡그리 없애버리는 인간들은 뭐라고 표현해야만 할까.

병꽃나무에는 보통 한두 마리의 반달누에나방 애벌레가 살아간다. 애벌레의 어미가 나무의 삶을 예측하고는, 나무가 가난해지지 않도록 철저하게 알을 배분했기 때문이다. 반달누에나방 애벌레는 성장을 멈춘 묵은 가지의 이파리만 먹는다. 당연히 새 가지에서 난 이파리가 더 부드럽고 연해서 먹음직스럽다. 그런데도 새로 돋아나서 열정적으로 성장하는 이파리의 꿈을 그들은 끔찍하게도 지켜주었다. 철저하게 나무를 위해주는 것. 애벌레는 절대 나무를 죽이지 않는다. 나무가 사라지면 자신들의 미래도 사라진다는 것을 잘 알고 있다.

나무의 품

이사 오고 열흘쯤 지났다. 아무런 예고 없이 강한 바람이 들이닥쳤다. 바람은 몇 달 굶은 맹수처럼 닥치는 대로 물어뜯었다. 병꽃나무는 가지가 땅에 닿을 정도로 휘어지고 비틀거렸다. 나무에 세 들어 사는 반달누에나방 애벌레가 걱정이었다. 부랴부랴 마당에 나갔더니, 애벌레가 사는 가지가 부러져서 바닥에 뒹굴었다. 애벌레는 나무에 대한 믿음을 버리지 않은 채 혼신의 힘을 다해서 가지를 붙들고 있었다. 그러다가 흙탕물이 달

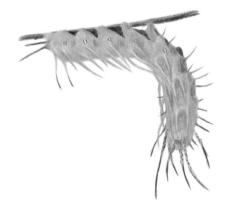

려들자, 그제야 사태를 파악하고는 부러진 가지를 떠났다.

애벌레가 나무를 떠난다는 것은, 생을 송두리째 잃을 만큼 위험한 순간이 닥쳤다는 뜻이다. 애벌레도 위험을 알고 있다. 애벌레는 길쭉한 몸에 달려 있는 발을 최대한 다그치면서, 자신이 먹고 살았던 병꽃나무 냄새를 추적해갔다. 안타깝게도 애벌레는 병꽃나무 쪽으로 가지 못했다. 바람이 그쪽에서 강하게 몰아쳤기 때문이다. 애벌레는 마당을 타원 모양으로 돌고, 별을 그리듯이 왔다 갔다 하고 그러다가 마당에서 벗어나 찻길로 접어들었다. 찻길에서 살아남을 가능성은 거의 없었다.

마침 흠뻑 비를 맞은 까치가 애벌레를 발견했다. "와아, 종일 굶었는데 잘됐다!" 까치는 요란하게 소리치면서 내려앉았다. 까치의 날카로운 부리가 애벌레를 낚아채려다가 떨어트리고야 말았다. 순간 내가 소리쳤다. 가까스로 애벌레를 구해냈다. 다행히 애벌레의 몸에는 큰 상처가 없었다. 강력한 새의 부리가 살점 속으로 송곳처럼 파고들었어도 초록빛 물렁물렁함은 끄떡없었다. 대신 얼마나 놀랐는지 작은 상자 속에서 두 시간이 넘도록 움직이지 않았다. 아무리 바람이 불어도, 애벌레에게 가장 위로가 되는 곳은 나뭇가지였다. 결국 나무로 돌아가야만 애벌레가 품고 있는 불안한 감정도 평온해질 것이다. 나무는 애벌레에게 엄마이자 집이기 때문이다.

외로운 집착

나는 반달누에나방 애벌레를 안전한 병꽃나무 가지에다 올려 주었다. 이번에는 절대 부러지지 않을 것이다. 애벌레는 나에게 고맙다고 하듯이, 온몸에 있는 모든 다리로 나뭇가지를 붙들었다. 지금은 그래야만 할 상황이었다.

나는 안심하고 집으로 들어갔다가 다시 한 시간쯤 뒤에 밖으로 나왔다. 없다. 애벌레가 보이지 않는다. 순간 눈앞이 까매지면서 정신이 아찔했다. 대체 무슨 상황이란 말인가. 애벌레가 있었던 가지가 부러진 것도 아니다. 그렇다면 혹시 아까 그 까치의 습격을 받았을까.

나는 괜히 그런 의심을 크게 부풀리면서 주위에서 까치들 소리만 나면 예민하게 눈빛을 휘둘렀다. 진짜 범인이 잡히면 가만두지 않겠다고 얼마나 으르렁거렸는지 모른다. 비바람은 그런 나를 약 올리면서 더욱 거칠게 몰아쳤다. 병꽃나무 가지들이 바람을 못 이기고는 마당을 비질하듯이 흐느적거렸다. 나는 그렇게 땅을 쓸어대는 가지를 보다가 "여기 있네!" 하고 소리쳤다. 녀석이 쑥부쟁이에 달라붙어 있었다. 아, 괜히 데려왔구나! 갑자기 후회가 밀려왔고, 이곳에서는 애벌레가 살아가기 힘들겠다는 판단이 들었다.

이제는 직접 이 목숨을 책임져야겠다고 중얼거렸다. 서둘러 병꽃나무를 화분에다 옮겨심었다. 병꽃나무에게는 미안하지만, 애벌레와 그는 숙명적인 관계였으니 어쩔 수 없다. 화분을 2층 애벌레의 방으로 옮긴 다음, 애벌레를 줄기 아래에다 놓아주었다.

애벌레는 다시 그곳을 돌아다니면서 나무 냄새를 맡았다. 그 외로운 집착, 그것은 소름 돋는 진정성이다. 살아야 하니까, 그 어떤 손짓이나 눈빛보다 예민한 애벌레의 더듬이는 익숙한 나무 냄새를 빠르게 찾아낸다.

병꽃나무는 졸지에 두 번이나 이사했다. 그러니 자신의 생이 흔들릴 정도로 힘들겠지만 어쩔 수 없는 노릇이다. 나는 날마다 일부러 크게 그런 말을 하면서 병꽃나무에다 물을 주고, 애벌레에게도 부디 이곳에서 잘 적응하기를 바랐다.

나무와 애벌레는 지나간 시간을 전혀 후회하지 않는다. 그것이 아픔이라도, 그것이 고통이라도, 지난 것은 지나간 것이기 때문이다. 오직 현재만 생각하며, 또 살아간다. 그것이 그들이 수만 년을 버티어온 비결이다.

최대한 야생의 환경을 비슷하게 해주려고 햇살이 잘 들게 했다. 바람이 맘껏 놀고 갈 수 있도록 창문도 열어두었다. 사흘에 한 번은 인공비도 뿌려주었다. 이상하게도 어둠만 내리면

약간 까탈스러운 바람이 불어와서 나무와 애벌레의 몸을 수색하듯이 집요하게 흔들어댔다. 마치 그들에게 "너희들, 왜 인간이 사는 집으로 이사 왔어?" 하고 집요하게 캐묻는 듯했다. 그래도 그들은 당당했다. 전혀 위축되지 않았다.

반달누에나방 애벌레 역시 다른 벌레들처럼 숲에서 순한 존재이다. 애벌레는 한생을 살아가면서 누구도 해코지하지 않는다. 누군가 자신을 건드리면 움츠리면서 아무런 저항도 하지 않지만, 가끔은 상체를 들고 마구 흔들어대면서 제발 귀찮게 하지 말라고 강하게 흔들어댄다. 신기하게도 바람이 건드릴 때는 아무런 반응도 하지 않았다. 애벌레는 바람의 존재를 정확하게 알고 있었다.

또 다른 생을 준비하면서

달빛이 영혼처럼 내려오고, 바람이 덩굴처럼 뻗어가던 밤이다. 반달누에나방 애벌레는 자신이 살아온 나무를 경배하듯이 바라다본다. 그리고 최후의 만찬을 즐겼다. 지금까지는 살기 위해서 먹어왔다면 이제는 마지막을 위해서 먹는다. 그동안 자기

살이 되어준 나무 이파리에게 고마움을 전하기 위해서 먹는다. 정든 것들이랑 이별하기 위해서 먹는다. 새로운 시작을 준비하기 위해서 먹는다.

다음 날부터 애벌레의 몸에서 변화가 감지되었다. 꼬리 쪽부터 연노란색이 살아나고 있었다. 애벌레는 단식에 돌입했다. 벌레로서의 마지막을 준비하고 있었다. 애벌레는 몸속에 남은 똥을, 그런 모든 생의 찌꺼기들을 몸 밖으로 내보냈다. 한생을 마무리하고, 한없이 가벼워진 무게 앞에서 바람과 햇살은 경건해진다. 해탈이란 별거 아니다. 돌아갈 때 자신이 살아온 생의 무게를 가볍게 하는 것이다.

애벌레의 몸속에서는 아마도 상상도 못 할 일이 벌어지고 있을 것이다. 이제 내장을 비롯하여 소화기관은 필요 없으니, 그것들을 처분하고 실을 뽑아내는 기계를 분주하게 설치하고, 한편에서는 건축 설계도, 집의 크기 등을 고민하는 일꾼들이 움직이고 있을 것이다. 그것이 다 완벽하게 마련된 뒤에야 애벌레는 움직일 것이다.

이제 미라로 살아갈 집을 지어야 한다.

애벌레는 항상 결과보다 과정을 중시한다. 과정을 무시하고 좋은 결과를 얻어낼 수 없다는 것을 애벌레는 안다. 과정이 좋으면 결과는 자연스럽게 따라온다. 다만 내일 날씨가 좋기를, 비가 오지 않고 바람이 불지 않기를 기도할 뿐이다. 애벌레는 더욱 엄숙해지고, 그동안 살아온 곳을 뒤돌아보고 또 돌아본다. 그동안 고마웠어, 바람아, 햇볕아, 나무야!

자기 생가로 돌아온 애벌레

그날 밤, 반달누에나방 애벌레는 사라졌다. 흔적도 없었다. 아침부터 점심때까지 녀석의 단서 하나 확보하지 못했다. 애벌레의 방 경계를 넘어서면 내 서재가 있는 거실이다. 그곳은 애벌레의 방과는 비교할 수 없을 정도로 복잡하다. 수많은 책이 곳곳에 쌓여 있고 애벌레가 비집고 들어갈 틈도 많다. 그러니 녀석을 찾기란 훨씬 어렵다. 나는 그 책들을 하나하나 옮겨가면서 애벌레를 추적했다.

저녁 무렵이 되어서야 깊고 외진 책골목 사이에서 잔뜩 거미줄을 뒤집어쓴 채 웅크리고 있는 애벌레를 발견했다. 나는 다시 녀석을 애벌레의 방으로 데려왔다.

애벌레는 다시 집 지을 터를 찾기 위해 나무에 오른다. 자신의 생애 가장 중요한 거사를 앞두고 있으니 비장하면서도 거침없이 걸어간다. 이 가지에서 저 가지로, 저 가지에서 다른 가지로. 가지 끝에서는 머리를 사방으로 흔들어서 다른 가지가 있는지 찾았다.

그렇게 오르락내리락하다 보니 날이 새고야 말았다.

애벌레는 결국 자신이 살을 뜯어 먹고 살았던 병꽃나무로 올라가더니, 자신이 살았던 가지 밑에서 멈추었다. 그렇게 돌고 돌아서 결국은 자기 생가로 돌아온 셈이다.

작은 집의 비밀, 부드러움

어쩌자고 지친 상태에서 일을 시작하는지 모른다. 신기하게도 다시 일을 시작하자 어디서 그런 힘이 솟구치는지 모르겠다. 반달누에나방 애벌레의 입 자체가 거대한 기계로 변했다. 건축물이 들어설 곳에다 터다지기 공사부터 시작했다. 바닥을 날카로운 턱으로 긁어낸다. 갑자기 애벌레의 입이 굴착기가 되었다. 대충 바닥을 고르고 실을 뽑아 바닥을 다진다.

기초공사가 끝나자 본격적인 집짓기가 시작되었다. 애벌레의 머리는 풍물패의 상모돌리기 같았다. 사실 그보다 훨씬 빠르다. 아무리 잘하는 사람이라고 해도 저 애벌레만큼 쉬지 않고 머리를 돌리지는 못할 것이다. 그것도 머리를 뒤로 젖히고 옆으로 꺾은 채로, 몸을 바꾸지 않고 고개만 사방으로 돌려서 실을 뽑아낸다. 너무도 섬세한 애벌레의 입은 바람결보다

가는 실오라기를 정확하게 놀린다.

그가 집을 최대한 작게 설계한 것은, 공사 기간을 단축해야 하고, 무분별한 낭비를 줄이기 위해서다. 집 짓는 재료는 모두 다 자신의 살이다. 그러니 아끼면 아낄수록 체력을 비축할 수 있다. 그래야 미라로 살 때도 편안하고, 나중에 나방으로 환생할 때도 남은 힘을 쓸 수 있다. 당연히 나방이 되어 창공을 날아다닐 때도 그만큼 자유로울 수 있다. 애벌레의 집은 자기 몸의 3분의 1 혹은 4분의 1 정도밖에 되지 않는다.

어느 정도 집이 지어지자 애벌레는 억지로 몸을 접어서 안으로 밀어 넣는다. 어쩌면 그렇게 작은 공간으로 몸을 구겨 넣을 수가 있을까. 이 비밀은 부드러움이다. 애벌레의 몸은 단단하지 않고 풀잎처럼 부드럽다. 몸을 보호하고 있는 피부가 부드러운 뼈다. 게다가 몸은 탄력이 좋으니 극단적으로 움츠리면서 구겨 넣을 수가 있다.

완벽주의자

잠깐 바람이 애벌레에게 말을 걸어온다. 녀석은 하던 일을 멈추고 밖으로 얼굴을 내민다. 가진 것은 없어도 전혀 가난할 새가 없었던 시간, 그만큼 열심히 살아왔다는 것을 주위에 사는 바람은 알고 있다. 그래서 바람이 마지막으로 애벌레에게 다가와 수고했다고, 고생했다고 위로해준다.

애벌레는 고맙다고 고개를 끄덕이고는 자신이 들어온 입구를 빠른 속도로 막는다. 그때는 어찌나 빠른지 동영상을 빠른 속도로 돌리는 것 같다. 속도와의 싸움이라는 듯, 입구가 막히자 그때부터 몸을 이리저리 돌려가면서 전체 벽을 고르게 실로 발라간다.

애벌레는 아침부터 쉬지 않고 일을 하여 점심 무렵에는 바깥하고 완전히 차단했고, 오후 3시쯤 되자 미라의 집은 제법 단단해졌다. 마치 시멘트가 굳어가는 것 같다.

그는 미라가 되어 이 집에서 나머지 여름을 보내고, 가을과 겨울 그리고 다시 세상이 파릇파릇해지는 봄까지 살아야 한다. 그래야만 환생의 기회를 얻을 수 있다. 애벌레로서의 삶보다 미라의 삶이 열 배 이상 길다. 그에게 1년이라는 세월은 인간의 한평생만큼이나 긴 시간이니까, 그것을 버티어내기 위해서는 튼튼한 집이 필요하다.

집이 완성되고 나서도 한동안 애벌레는 주위를 꼼꼼하게 살핀다. 혹시 잘못된 곳이 없을까. 밖에서 들리는 소리도 예민하게 감지하고 조금이라도 불안한 곳이 있으면 다시 실을 뽑아 공사를 한다. 그는 완벽주의자다.

신의 영역

애벌레는 가만히 지나온 생을 돌아본다. 알 속에서 살았던 아득한 시간만큼, 이곳에서 애벌레는 안도감을 맛본다. 아, 잘 살았다. 아, 고맙다. 거품 같은 알에서 깨어나 이렇게 미라가 살아갈 집을 지을 정도로 살았으니, 그런 여정을 거쳐온 자신이 자랑스럽다. 그런 시간이 꿈만 같다.

어느새 집은 태곳적 어둠으로 가득하다. 좁은 세상이 양수로 가득 찬 것 같다. 애벌레는 그렇게 자신을 어두운 세상에다 완벽하게 순장시켰다. 그래야만 새로운 삶이 허락되는 세상이니까, 어쩌면 신의 영역인지도 모른다.

작은 목숨은 그런 어둠을 경건하게 받아들인다. 어느새 수만 년을 걸어온 시간조차 멈춰버린 세상이 그 안에서 고스란히 재현된다. 이 영원한 세상에, 애벌레는 혼자다. 진정으로 혼자가 된 것이다. 그 속에서는 어떤 자국도 남지 않는다. 모든 것은 신의 뜻대로 흐른다. 침묵이 고통스러운 것은 오래 지속되기 때문인데, 그 집은 애초부터 침묵을 전제로 설계되었다. 그러니 침묵은 영원히 지속된다.

애벌레가 다른 생명체로 완벽하게 탄생

한 날, 온 힘을 다해 그 세상을 열고 나올 때, 그제야 비로소 침묵은 사라지고 대신 세상의 온갖 살아가는 것들의 목소리가 들릴 것이다. 응원처럼, 찬사처럼.

7

부드러움이 강한 것을 이긴다

거세미나방 애벌레

애벌레는 누군가에게 동정받을 만큼 약하지 않다.

범인

여름이 끝나갈 무렵, 주말농장으로 모여든 사람들은 제법 분주하게 손발을 움직인다. 저마다 어린 김장배추를 모셔다가 공들여 키우는 시기다. 비바람마저 도와주어 어린 것들의 세상 놀이는 순조로웠다. 특히 올리브의 기대가 컸다. 50대 초반에 늦깎이 결혼을 한 올리브는 이렇게 흙냄새 맡아가면서 늙어가는 게 꿈이라고 하면서, 그 누구보다도 열심히 주말농장을 들락거렸다.

매미들의 돌림노래가 절정으로 치닫던 저물녘, 올리브가 나를 부르더니 배추밭으로 손가락질했다. "이상하네요. 왜 배추가 저렇게 시들지요?" 제법 야무지게 이파리를 펼쳐내던 어린 배추가 시들었다. 나는 대뜸 사태를 파악했다. "놀라지 마세요. 그리고 저한테 애벌레를 처리해달라고 하지 마세요. 주말농장 하시려면 스스로 애벌레를 처리할 수 있어야 합니다." 내가 작은 막대기로 시든 배추 근처를 헤집었다.

범인은 근처 땅속에 숨어 있었다. 짙은 갈색의 손가락만큼 큰 애벌레가 나타나자 올리브는 얼른 손으로 입을 틀어막았다. 애벌레는 자신은 모르는 일이라는 듯 능청맞게 가만히 있었다. 올리브는 이 녀석이 범인이냐고 재차 물었다.

올리브와 애벌레의 대결

그 애벌레는 주로 어둠이 내려왔을 때 밖으로 나온 다음, 배추 포기로 가서 밑동을 삭둑삭둑 잘라 먹는다. 이 녀석은 다른 애벌레하고 먹는 습관이 다르다. 아예 줄기 밑동을 가위로 자르듯 잘라서 먹는다. 세로로 갉아 먹으면 며칠간 먹을 수 있지만, 가로로 삭둑 잘라버리면 그 잎이 시들어서 더 이상 먹을 수 없다. 이런 습성을 가진 애벌레는 드물다. 당연히 생태계에서는 중요한 역할을 한다. 풀을 솎아내듯 잘라내는 능력을 갖추고 있어서 너무 잘 자라는 풀들을 조절해준다.

올리브는 쪼그려 앉아서 애벌레에게 말을 걸었다. "너는 왜 하필이면 배추 밑동을 잘라버리냐? 그냥 배춧잎을 조금 뜯어 먹으면 모른 체하고 넘어갈 수도 있을 텐데, 이렇게 잘라대니까 너를 그냥 둘 수 없잖아? 그냥 두면, 네가 다른 배추들까지 다 잘라버릴 거 아냐? 그럼 나머지 배추들도 다 죽어버리잖아? 결국 너도 못 먹고, 우리도 못 먹고, 속상하게 되잖아?" 올리브는 호미로 깊게 땅을 파고는 애벌레를 묻었다. 당신의 무릎까지 잠길 정도로 깊게 팠다고 하면서, 이제 나오지 못할 것이라고 헤헤헤 웃는다.

그로부터 이틀 뒤 올리브가 다시 나를 불렀다. 애벌레를 묻은 바로 근처에 있는 배추가 또 시들었다. 나는 시든 배추 근처에서 범인을 체포하였다. 애벌레를 본 올리브는 고개를 갸우뚱했다. 땅속에다 묻은 놈이랑 거의 비슷하다고 하면서.

나는 웃으면서 똑같은 놈이라고 말했다. 이 애벌레는 땅속에서 살기 때문에 무릎이 빠질 정도의 깊이로 묻었다고 해도 다시 흙을 뚫고 나오는 것은 어렵지 않다. 올리브는 입술을 꽉 깨물더니, "이렇게까지는 하지 않으려고 했는데, 고통 없이 죽여야겠네요." 그러고는 가위로 애벌레의 몸통을 잘랐다. 그런 다음 미안하다고 하면서 흙으로 덮어주었다.

오이박사와 애벌레의 대결

우리 밭 옆에는 김사장이라는 분이 농사를 지었다. 그는 워낙 오이 농사를 잘 지어서 오이박사라고도 불린다. 오이박사네 밭에도 그 애벌레들이 나타났다.

오이박사는 그 애벌레를 '깨벌레'라고 했다. 나는 깨벌레가 아니고 '거세미나방 애벌레'라고 이름을 알려주고, 예로부터 농부들은 그놈을 '곤자리'라고 부른다고 덧붙였다. 깨벌레는 주로 깨밭이나 고구마밭에서 사는 초록색 박각시 애벌레들을 다 합쳐서 부르는 말이다.

거세미나방 애벌레는 인간들에게 해충으로 낙인찍힌 가장 슬픈 존재다. 그러니 해마다 뉴스에 단골로 오르내리고, 그들을 없애기 위해서 어마어마한 양의 농약이 저 무균질의 대지에 뿌려진다. 특히 옥수수를 좋아하는 열대거세미나방과 담배 줄기를 좋아하는 담배거세미나방은 농부들이 가장 두려워하는 녀석들이다. 주로 땅에서 살아가는 거세미나방 애벌레는 다른 친척들보다 체구가 커도 눈에 띄지는 않는다.

오이박사는 날마다 거세미나방 애벌레하고 실랑이했다. "어쭈, 이놈들 봐라. 오늘은 세 포기나 잡아먹었네. 이놈들, 어젯밤에 그렇게 잡았는데도 또 있었네." 오이박사는 일부러 크게 떠들면서 범인을 추적했다. 오이박사는 녀석들이 인간하고 달리 밤에만 활동한다는 사실을 잘 알고 있었다. 그래서 저녁 8시 이후 주말농장에 와서 손전등을 켜고 삶의 터전으로 나온 애벌레들을 일망타진했다고 큰소리를 쳤다.

오이박사는 체포한 범인을 독특하게 처리했다. 땅에다 구멍을 낸 다음, 그곳에다 잡은 거세미나방 애벌레들을 밀어놓고는 막대기로 그 좁은 구멍을 마구 쑤셔댔다. 그런 다음 흙으로 구멍을 막아버렸다.

어느 날 오이박사는 나를 부르더니, 밤낮으로 거세미나방 애벌레를 잡아내도 끝이 없다고 하면서 고개를 갸우뚱했다. 나는 오이박사가 막대기로 쑤셔서 죽인 애벌레들이 다시 살아나기 때문이라고 했다.

오이박사는 말도 안 되는 소리라고 하면서, 땅속 구멍에다 그 거세미나방 애벌레를 밀어 넣고 막대기로 수십 번을 콕콕 쑤셔댔으니 온몸이 처참하게 터져버렸을 것이라고 덧붙였다. 나는 진짜 눈으로 봤냐고 물었다. 오이박사는 직접 보여주겠다

고 애벌레 한 마리를 잡아 와서 똑같이 재현했다. 그런 다음 천천히 땅을 파더니, "아니, 이럴 수가!" 하고 놀라면서 당황했다. 초록색 피를 토하기는 했어도 애벌레는 멀쩡했다.

불사신

거세미나방 애벌레는 결코 약한 동물이 아니다. 애벌레의 피부가 뼈다. 인간들 몸에 있는 딱딱한 뼈가 아니라 부드럽고 탄력 있는 뼈라서 아무리 막대기로 내리찍어도 물렁물렁함이 보호해준다.

오이박사는 직접 눈으로 보고도 믿을 수 없다고 눈을 껌벅였다. 그러더니 이번에는 제법 큰 돌멩이 하나를 집어왔다. 오이박사는 돌멩이로 거세미나방 애벌레를 덮고는 위에서 발로 밟았다. 돌의 무게와 자신의 무게에다 중력까지 더해져서, 애벌레의 몸이 짓이겨졌을 게 뻔했다.

이번에도 나는 조심스럽게 고개를 흔들었다. "돌이 위낙 무겁고 거칠어서 애벌레가 죽었을 수도 있지만, 죽지 않았을 수도 있다고 봅니다." 오이박사는 어떻게 저렇게 돌로 짓눌렀는데도 애벌레가 살아날 수 있냐고 하고는, 저녁내기를 하자고 했다. 오이박사가 천천히 돌멩이를 들어 올렸다. 내 예상대로,

이번에도 애벌레는 멀쩡했다.

오이박사는 애벌레가 아니라 불사신이라고 추켜세웠다. 애벌레는 물렁물렁함으로 단단하고 무거운 돌멩이를 이겨낸 것이다.

물렁물렁

화가 난 오이박사가 토치를 가져오더니 불에 태워 죽이겠다고 하자, 내가 얼른 막아섰다. 괜히 모든 비밀을 다 누설해버린 것 같아서 거세미나방 애벌레들에게 미안했다. 나는 그 애벌레를 책임져야겠다고 생각했다.

그렇게 해서 전혀 뜻밖의 거세미나방 애벌레를 집으로 데려오게 되었다. 사람들은 날마다 나를 보면, 녀석의 안부부터 물었다. "잘 크고 있습니까? 대체 어떻게 키웁니까?" 나는 간단하게 대답했다. "예, 잘 살고 있습니다. 화분에다 키우는데, 줄기가 통통한 풀을 꽂아놓으면 녀석이 나와서 잘라 먹습니다."

그렇다. 물렁물렁 거세미나방 애벌레는 아주 얌전해서, 같이 살아가는 데 전혀 불편하지 않다. 수분 많은 풀을 화분에다 꽂아두면 된다. 수박이나 참외껍질을 주면 굳이 생풀을 찾지도 않는다. 종일 흙속에서 기도하다가 먹을 때만 잠깐 나오기 때문에 자주 마주치지도 않는다. 넓은 공간을 무리하게 요구하지도 않는다.

거세미나방 애벌레는 덩치가 엄청나게 크고 느리다. 그래도 흙에서 나와 풀을 갉아 먹을 때는 바람처럼 빠르다. 땅속을 자기 집이라고 생각하고 살아가기 때문에 먹자마자 재빠르게 숨어버린다.

내 이야기를 들은 오이박사는 이렇게 말했다. "나는 징그러워서 그놈을 키울 생각은 못 합니다. 그래도 작가님 이야기 듣고, 이제는 그놈을 죽이지 않기로 했습니다." 오이박사는 밭에서 잡은 거세미나방 애벌레를 한곳에 모아 숲속에다 던졌다.

살아 있는 목숨

나는 오이박사에게 어린 시절 이야기를 들려주었다.

내가 물렁물렁 거세미나방 애벌레를 처음 만난 것은 당근밭이었다. 당근이 붉은 발을 땅속에다 묻고 파릇파릇 세상으로

나오자, 어른들은 새알 감자 닮은 아이들을 투입하여 애벌레들
하고 맞서게 했다. 달달한 당근은 거세미나방 애벌레도 좋아했
다. 뙤약볕이 내리쬐는 한여름 전선에 투입되는 아이들은, 자기
들의 놀이시간을 뺏어가는 그 벌레들이 미웠다. 당근밭에 들어
서면 여기저기 시든 이파리가 보인다. 그 이파리 주위를 호미
로 조심조심 헤집어보면 굼벵이나 거세미나방 애벌레를 체포
할 수 있었다.

　나는 어른들이 준 깡통 속에다 애벌레를 담지 않았다. 괜
히 그놈들을 보면 화가 났고, 그래서 눈에 띄면 마구 호미로 내
리치거나 돌멩이로 짓이겼다. 그래도 벌레는 죽지 않았다. 초록
색 피를 토하기는 해도 몸이 터지는 경우는 거의 없었다. 돌로
내리쳐도 물렁물렁한 그것은 고통스럽게 몇 번 몸부림치다가
다시 정신을 차리고는 슬그머니 땅을 파고 숨어버렸다. 어떻게
그럴 수 있는지 모른다. 거세미나방 애벌레의 몸은 쥐며느리처
럼 질긴 가죽으로 덮여 있다. 설령 약간 몸이 상해도 스스로 치
유하는 능력이 있다.

　나는 이래저래 더 화가 났고, 녀석들이 보이기만 하면 마
구 돌멩이로 내리쳤다. 내가 돌로 내리치는 것을 본 어머니가
다가왔다. "살아 있는 목숨을 그렇게 하면 벌 받는 것이다. 그러
지 마라. 그냥 여기 깡통에다 담았다가 집에 가서 닭한테 던져

주면 돼." 나는 그 말에 강하게 반발했다. 닭한테 주는 것이나 돌로 쳐서 죽이는 것이나 뭐가 다르단 말인가. "아니야, 벌레가 닭한테 잡아먹히는 것은 어쩔 수 없는 일이지. 사람이 닭을 잡아먹듯이, 닭이 벌레를 먹는 것은 당연하다는 것이지." 나는 어머니의 논리를 더 이상 반박할 수 없었다.

애벌레를 마당에다 던지면 수십 마리의 닭들이 달려들어서 맛있게 삼켜버렸다. 그것을 보고 적어도 벌레가 아파하지는 않겠구나, 하고 생각했다.

그 뒤로는 밭에서 거세미나방 애벌레를 잡아낼 때도 마음이 편했다. 그때부터 내가 잡은 벌레는, 나를 가장 잘 따르는 닭만 따로 불러서 주었다. 그런데 나를 잘 따르는 것이 아직 어려서 벌레를 제대로 먹지 못하다 보니 결국은 큰 수탉에게 다 뺏겨버렸다. 그때는 얼마나 속상했는지 모른다.

거세미나방 애벌레를 가장 잘 잡아내는 것은 닭이다. 만약 닭을 배추밭에다 풀어놓으면 그들은 일망타진될 것이다. 농부들이 그 좋은 수를 알면서도 써먹지 못하는 것은, 닭이 물렁물렁 애벌레 못지않게 온갖 채소를 좋아하기 때문이다.

닭만큼은 아니어도 까치 역시 거세미나방 애벌레를 잘 잡아낸다. 까치는 흙이 파헤쳐졌거나 시든 배추 이파리가 보이면 근처에 애벌레가 있다는 것을 알고는 몇 번 부리로 콕콕 찍어서 그들을 잡아낸다. 하지만 까치도 농부들이 싫어한다. 그놈들이 뭐든 다 따먹고 쪼아대기 때문에 농부들에게는 애벌레나 다름없는 존재들이다.

날카로운 호미도 무디게 하는 부드러움

"아, 그래서 그놈을 잘 아는군요?" 오이박사는 허허허 웃더니 나를 뻔히 쳐다보았다.

주말농장을 처음 하던 때였다. 한번은 호미로 녀석의 몸을 잘라내려고 마구 눌러댄 적도 있었다. 나는 20여 년 전을 떠올리고 있었다. 호미로 짓눌러도 거세미나방 애벌레는 갈라지지 않았다. 물렁물렁하기에, 날카로운 호미 날도 무디게 하면서 그의 몸은 어디 하나 부러지지도 않았다.

물렁물렁 애벌레는 생이 끊어질 것 같은 두려움에도, 그저 울음을 감추고 속으로만 운다. 어디 호미로 내리치건 돌로 내리치건 맘껏 해보라는 식으로, 그냥, 온몸으로, 온갖 폭력을 받아낸다. 그 미련함으로, 그들은 살아간다. 겉으로 드러나는 강력한 힘보다 내면에 숨겨진 부드러운 힘으로. 누군가를 힘으로 압도하는 게 아니다. 그래서 그들은 늘 져주고 물러나는 미련함을 택했다. 그렇다고 어떤 꼼수도 부리지 않는다. 논리적 비유를 허락하지 않는 그들, 남을 의식하지 않고 함부로 누군가 랑 비교하지 않으며 오직 자신의 의지대로만 살아가는 그들. 그렇게 오직 현재에만 충실하게 살아간다.

그날 이후, 나는 주말농장에서 배추 농사를 짓지 않았다. 거세미나방 애벌레랑 싸워가면서 배추들을 푸르게 이끌어갈 자신이 없었다. 한마디로 그들에게 항복선언을 한 셈이다.

쭈글쭈글 물렁물렁한 요새

거세미나방 애벌레는 대부분의 생을 땅속에서 보낸다. 땅속에 서의 삶은 늘 거친 것들이랑 접촉해야만 한다. 크고 작은 돌, 숱 한 나뭇가지, 그리고 자신을 노리는 온갖 천적들. 애벌레는 그 들하고 맞설 어떤 무기도 장착하지 않았다. 오로지 방어만 해 야 하니까, 자기 몸을 요새처럼 만들어버렸다. 더 쭈글쭈글하 게 주름을 파고, 더 물렁물렁 탄력적으로. 요새라고 해서 강하 고 단단해야만 하는 것은 아니다. 애벌레는 오히려 더 부드럽 고 물렁물렁하게 자신의 몸을 만들어갔다. 그것이 자기보다 강 한 것들을 이겨낼 수 있는 비법이다. 그렇게 살아온 애벌레의 삶은 성공적이었다. 적어도 인간들이 산과 들을 파헤쳐서 밭을 경작하기 전까지만 해도.

흙속은 소유자가 없다. 돈 한 푼 없어도 그냥 들어가서 살기만 하면 된다. 흙속은 어떤 집보다 안전하다. 가뭄이 들든 산불이 나든, 세상이 난리가 나든 상관없다. 흙속은 따뜻하다. 적당히 수분이 있으니 몸이 마를 염려도 없다. 배가 고플 때만 밖으로 나와서 먹고 들어가면 된다. 수분 증발이 거의 없으므로 땅 위에서 살아가는 애벌레들보다 먹는 양도 훨씬 적다.

실제로 내가 키운 거세미나방 애벌레는 하루에 딱 한 번만 땅에서 나와 풀을 잘라 먹었다. "이놈, 은근히 소식하네!" 몇 번이나 그렇게 중얼거렸을 정도로 먹는 양이 적다. 그 정도만 먹고도 엄청나게 큰 덩치가 유지될까. 걱정될 정도다. 그들의 친척인 열대거세미나방 애벌레나 담배거세미나방 애벌레에 비하면 훨씬 적게 먹는다. 다만 풀을 잘라 먹는 독특한 버릇이 문제였다.

해충이란 인간이 만들어낸 폭력적인 언어

거세미나방 애벌레는 땅 예찬가다.

오래전부터 그의 조상들은 "힘들게 뭐하러 나무 위에다 집을 지어. 그냥 땅속에서 살면 되지." 그렇게 살아왔다. 그런데 인간이 농사를 지으면서, 그러니까 땅이 인간화되면서 그들과의 갈등이 시작되었다. 인간들은 무차별하게 농약을 살포하고 온갖 비닐로 땅을 덮어버렸다.

세상 모든 땅은 살아가는 모두의 것이다. 그래서 거세미나방 애벌레는 인간이 경작하는 땅에서도 살아간다. 아니, 애벌레가 살아가는 땅을 인간이 경작한 것이다. 그곳이 인간들만의 땅이라는 해석은, 인간들이 일방적으로 하는 주장이다.

거세미나방 애벌레가 일부러 인간의 경작지에 들어가서 배추나 옥수수 싹을 잘라 먹는 건 아니다. 우리 집 마당에서 사는 그들은 접시꽃, 달맞이꽃, 개망초, 솜방망이, 데이지 같은 다양한 풀을 먹는다. 다만 수분이 적고 줄기가 야윈 가난한 풀들은 쳐다보지도 않는다. 세력이 강하고 부유한 풀들만 상대한다. 대자연 속에서는 그들이 너무 독점적인 권력을 가진 부자들을 견제하고 조율하는 의로운 협객으로 칭송받는다. 만약 인간의 경작지에도 그렇게 다양한 풀이 살아간다면, 그들은 그런 역할을 할 것이다. 그런데 인간들의 경작지를 보라! 인간들에게 길들여진 곡식이란 독성이 없고 대체로 키가 크면서도 수분이 많다. 그런 곡식이 야생풀과 섞였다면, 그곳에서 사는 애벌레의 선택은 당연하지 않겠는가. 태초부터 땅에서 살아온 그들로서는 어쩔 수 없는 선택이지 않겠는가. 그것이 죄란 말인가. 만약 신들이 주관하는 법정이 있다면, 이 문제를 정식으로 재판에 부치고 싶다고 그들은 하소연한다.

대자연 속에서는 위대한 협객으로 칭송받고, 인간 세상에서는 채소를 잘라 먹는 해충으로 지탄받는 이 극단의 시간이 그들에게는 너무나도 고통스럽다. 그러면서 해충이라는 단어야말로 가장 살벌하고 폭력적이라고 분노한다. 해충이란, 순전히 인간으로서 자연을 바라본 이기적인 언어이기 때문이다. 자기들만 잘살겠다는 욕망을 표현한 언어이기 때문이다.

애벌레와 인간의 전쟁

수천 년의 역사에서 인간은 숱한 동물을 멸종시켰다.

인간은 유일하게 자기 욕망을 위해, 자기 취향 때문에, 다른 생명을 맘대로 죽이는 동물이다. 그런 동물은 인간밖에 없다. 그러면서도 신이 자기들을 창조했으며, 다른 동물은 미물이기에 마음대로 할 수 있는 권리를 주었다는 식으로 말한다. 어떤 신도 인간에게 다른 생명을 맘대로 죽여도 된다고 말하지 않았다. 만약 그런 신이 있다면, 그것은 악마다. 인간 스스로 자신의 행위를 합리화시키기 위해서 신을 팔아온 셈이다.

세상에는 선하게 살기 위해서 신을 믿는 부류, 자기 욕망을 채우기 위해서 신을 믿는 부류가 있다. 전자는 늘 겸손하고 신의 뜻에 따라 자기 수련을 한다. 자신을 낮추고 욕심을 비우고 살아간다. 후자는 맹렬하게 신을 부르짖는다. 선하게 살지 않아도 신만 믿으면 구원해준다는 논리다. 그것은 조폭 두목의 논리랑 똑같다. 지금 세상을 호령하고 있는 일부 종교들은 그렇게 조폭의 논리를 따르고 있다.

애벌레와 인간의 전쟁은 수천 년간 지속되고 있다.

인간은 거세미나방 애벌레를 보면 내리치고 짓밟고, 농약이라는 무서운 화학무기까지 뿌린다. 그러면 끝날 줄 알았다. 그렇게 물렁물렁 벌레를 얕봤다. 밟으면 으스러지고, 호미로 때리면 터져버리는 것들. 그렇게 거세미나방 애벌레의 역사를 무시하고, 애벌레가 살아남은 수억 년의 긴 시간을 조롱했다. 애벌레는 아무런 반항도 없이, 더 열심히 살아가는 것으로 저항했다. 그러면서 인간들의 폭력을 다 무디게 했다.

늘 세상 끝에서 살아가는 거세미나방 애벌레는 아주 낙천적이다. 그래야만 살벌한 전선에서 버티어낼 수 있다. 그만큼 애벌레는 강한 존재다. 누군가에게 동정받을 만큼 약하지 않다. 총칼 없이도, 애벌레는 그들만의 방식으로 싸운다.

가끔 거세미나방 애벌레는 포켓몬처럼 진화하고 싶을 때가 있다. 실제로 포켓몬 만화는 곤충의 진화과정이 그 씨앗이 되었다. 대표적인 것이 애벌레 포켓몬이다. 애벌레는 공격을 받으면 뿔에서 냄새를 풍기며 저항한다. 그러다가 번데기 포켓몬을 거쳐 나비 포켓몬으로 변해간다. 강력해진 나비 포켓몬은 공격을 받으면 독을 뿌리고 날갯짓하면서 저항한다. 만약 거세미나방 애벌레가 그렇게 진화할 수만 있다면 인간들의 공격에 맞서서 더 효과적으로 자신들의 삶을 지켜낼 수 있을까.

아니다. 애벌레는 설령 그런 기회가 주어진다고 해도 그 길을 택하지 않을 것이다. 굳이 포켓몬처럼 변하지 않아도 살아갈 수 있으니까. 그 어떤 농약이 만들어져도 심지어 핵무기가 터져도 그들은 멸망하지 않을 테니까. 그만큼 강한 존재이니까. 삶이란 세상에 맞서는 게 아니라 버티어내는 것, 그냥 진실하게 살아가면 되는 것이니까.

8

그는 진짜 외계생명체였는지 몰라

현무잎벌 애벌레

애벌레의 아름다운 무기, 그들은 우아한 생을 즐긴다.

백당나무가 벌인 잔치

이른 더위가 한풀 꺾인 늦은 오후. 봄날이 무르익도록 침묵하던 백당나무가 잔치를 열고 있었다. 나는 그 찬란한 시간을 휴대폰에 담다가 멈칫했다. 이파리 밑에서 뭔가 움직인다. 뭐지, 하고 고개를 쭉 내밀었다가 한동안 입이 딱 벌어졌다. 하얀 분가루 뭉치가 이파리에 붙어서 꿈틀꿈틀 움직인다.

세상에, 저렇게 생긴 애벌레도 있구나! 삐죽삐죽 거칠게 늘어진 옷을 걸친 애벌레는 이상하게도 낯설지 않다. 왜 그럴까. 아, 모르겠다.

이렇게 노골적으로 자기를 드러내다니! 아무리 이파리 밑에 숨어 있다고 해도 초록색과 하얀색은 극단적으로 대비되는데, "야, 난 여기서 산다!" 하고 동네방네 광고하는 꼴이다. 온몸에 뒤집어쓴 분가루는 중력으로 더 늘어져서 눈에 잘 띄니, 애초부터 자신을 감추고자 하는 의도가 없었다는 오해를 받을 수도 있다.

공교롭게도 그날은 소나기까지 들이쳤다. 바람은 하얀 애벌레가 은신해 있는 이파리를 마구 흔들어대다가 순간적으로 뒤집었다. 그 틈을 노린 빗방울이 내리치자, 애벌레의 몸에서 사금파리가 깨져나가듯 분가루가 부서지면서 균형을 잃고 아래로 떨어졌다.

땅에 떨어진 애벌레는 잠깐 웅크리고 있다가, 이내 정신을 가다듬고는 나무를 향해 걸어갔다. 빗방울이 내리칠 때마다 뒤집어쓴 분가루가 산산이 부서진다. 화려하게 치장한 분가루가 거의 다 떨어져 나가자 애벌레는 심한 불안에 떨면서 나무를 향해 모질음을 쓰면서 걸어간다. 안타깝게도 걸음걸이가 너무 느렸다. 사나운 빗방울은 주위에다 가득 흙탕물을 풀어놓았다.

애벌레는 흙탕물에 몸이 잠기자 그만 포기한 듯 몸을 웅크렸다. 이제 몸에 붙은 분가루도 거의 떨어져 나갔다. 그때 근처에서 딱새가 내려오더니 삽시간에 애벌레를 낚아채서 꿀꺽 삼켜버렸다. 한생이 사라지는 것은 정말 순간이었다.

꼬마 악동과 야생벌

그날 밤 백당나무에서 사는 하얀 벌레 네 마리를 애벌레의 방으로 데려왔다. 물병을 준비한 뒤 백당나무 큰 가지를 잘라다가 꽂았다. 도무지 그들의 이야기가 궁금해서 마당에다 그냥 둘 수가 없었다.

그들은 현무잎벌 애벌레였다. 내가 아는 벌의 애벌레는 죄다 구더기처럼 생겼다. 그런데 이 녀석은 나방의 애벌레랑 똑같이 생겼으니, 그 사실이 믿어지지 않았다. 현무잎벌류의 삶은 아직도 인간의 과학이 미치지 못하는 곳에서 살고 있다. 거의 알려진 것이 없다.

나도 모르게 야생벌을 키우던 어린 시절을 떠올렸다.

소 꼴을 베다 보면 늘 성가시게 하는 것이 야생벌이다. 특히 풀이나 키 작은 나무에다 집을 짓고 살아가는 쌍살벌은 경계 대상 1호였다. 쌍살벌에게 공격을 받으면 나만의 방식으로 대응했다. 벌집이 어디에 있는지 정확하게 파악을 한 다음, 풀을 한아름 안고 살금살금 다가가서 벌집 위에다 덮어씌운다. 쌍살벌은 갑작스러운 풀사태에 당황하면서 어찌할 바를 모른다. 엄청난 양의 풀이 짓누르고 있으니 날 수도 없다. 벌은 가까스로 짓누르고 있는 풀을 뚫고 빠져나오지만, 다시 벌집으로 돌아갈 엄두도 내지 못한다. 결국 벌들은 절망하면서 하나둘씩 어디론가 떠나간다.

근처에서 키득거리고 있던 꼬마 악동은 그야말로 무혈입성을 하듯이 그들의 왕국을 손아귀에 넣었다. 조금이라도 지체했다가는 개미들에게 그 왕국을 빼앗길 수도 있으니까, 벌이 사라지면 재빠르게 풀을 헤치고 벌집을 뜯어내야 한다.

그 나라에는 다른 행정시설은 하나도 없다. 심지어 최고통치자인 여왕벌의 화려한 왕궁도 없고, 오로지 애벌레와 미라의 방으로 이루어진 도시국가다. 구더기와 똑같이 생긴 애벌레는 깔끔한 방 속에 거꾸로 매달려 있다. 중력을 이용하여 매달려 있는 것이 훨씬 편하다는 것을 벌들은 잘 알고 있다.

애벌레의 방은 누구나 볼 수 있도록 문이 활짝 열려 있다가, 어느 정도 자라서 미라가 될 시기가 되면 어른들이 출입문을 닫아버린다. 그때부터 애벌레는 침묵의 경전을 암송하면서 미라로 변해간다.

꼬마 악동은 미라가 사는 방문을 보고서 미라의 나이를 예측할 수 있었다. 이제 갓 미라가 된 것들의 방은 하얀 종이문이 맑고 깨끗했다. 나이가 든 것들의 방은 누리끼리하게 색이 바래 있고, 구멍이 뚫려 있는 것도 있다. 꼬마 악동은 몇 차례 벌집을 해부하면서 그 구멍의 의미가 무엇인지 알아챘다. 구멍은 바깥에서 사는 어른들이 뚫은 게 아니었다. 새내기 벌이 밖으로 나갈 준비가 되었음을 알리는 신호였다.

꼬마 악동은 그런 곳의 방문을 강제로 열었다. 그러자 밖으로 나갈 날을 기다리고 있던 새내기 벌이 나왔다. 예정보다 며칠 빨리 나오게 되었지만, 살아가는 데 큰 무리는 없었다. 다만 새내기 벌들이 정상적으로 나왔다고 해도 당장 날지는 못한다. 어느 정도 체력을 회복해야만 한다. 그러니까 새내기 벌은 며칠간 어른들의 보호를 받아야 하는데, 아무리 돌아다녀 보아도 어른들이 없음을 알고는 당황하지만 다른 곳으로 달아나지 않는다. 비록 어른들은 없지만 벌집만큼 안전한 곳이 없다는 것을 본능적으로 알고 있다.

꼬마 악동은 또 다른 미라의 방을 열어본다. 그곳에서는 미성숙한 벌이 꿈틀거린다. 생김새는 벌처럼 조각이 되었으나 몸은 채색이 마무리되지 않아서 그냥 투명하다. 완벽한 벌이 되기 위해서는 좀 더 시간이 필요하다는 것을 알 수 있었다.

쌍살벌집이 서너 개 정도만 있으면, 그 미라의 방을 열어 새내기 벌을 대여섯 마리 정도는 무사히 모을 수 있다. 꼬마 악동은 그런 녀석들을 한 군데 벌집에다 모아놓고서 울타리 개구멍에다 매달아놓았다. 신기하게도 그들은 부모가 달라도 별 탈 없이 살아갔다. 며칠이 지나자 새내기 벌들은 자유롭게 하늘을 날아다녔고, 애벌레들을 먹여 살리기 시작했다. 10일 정도 지나자 벌이 수십 마리로 불어나서 꼬마 악동조차 근처에 접근할 수 없었다. 숱한 개들이 쌍살벌들에게 당했고, 간혹 꼬마 악동의 친구들도 얼굴이 부풀어올라 난처한 지경에 빠지기도 했다.

그때까지만 해도 나는 세상 모든 벌은 집단으로 살아가는 줄 알았다. 그러다가 고등학교를 졸업하고 나서야 혼자 살아가는 벌이 훨씬 많다는 사실을 알았다.

어쨌든 현무잎벌 애벌레를 아무리 봐도, 벌의 후손이라는 사실이 믿어지지 않았다. 여전히 내 머릿속에는 벌의 애벌레가 구더기처럼 생겼다는 선입견이 튼튼하게 자리 잡고 있었던 것이다.

애벌레의 분장술

현무잎벌 애벌레가 치장한 분가루는 너무나도 환상적이다. 자세히 보니 애벌레의 얼굴이 귀엽게 생겼다. 세상에나, 두 개의 눈과 입의 배치도 인간의 얼굴이랑 똑같다. 마치 요정이 애벌레 분장을 한 것 같다.

애벌레의 앞발 두 쌍을 제외하고 나머지 배다리들은, 빨판이 달려서 줄기를 감싸는 것보다 나무에 달라붙기에 좋은 구조

다. 게다가 다른 애벌레들보다 배다리가 한 쌍 더 많다. 이렇게 자기 몸을 설계한 것은, 움직이는 속도를 포기하는 대신 줄기에 붙어 있을 때의 안전성을 강화하기 위해서다. 그러니까 현무잎벌 애벌레는 아주아주 느린 저속열차다.

무거운 분가루를 뒤집어쓴 애벌레는 거꾸로 매달려 있을 때가 가장 편하다. 거꾸로 매달리면 분가루가 몸을 짓누르지 않는다. 그냥 중력으로 제 무게를 아래로 늘어뜨릴 뿐이다. 강한 바람이 불면 분가루 일부가 떨어지기도 하지만 금세 보강공사를 할 수 있다. 애벌레는 자신의 몸 어느 곳에서 조형물이 떨어져 나갔는지를 알고, 그쪽으로 분가루를 분비하여 금세 삐죽하게 만들어낸다. 당연히 몸에 비해서 분가루가 몇 배나 크다. 주위에는 동맹군도 없으니까 살아남기 위해서는 스스로 무장해야만 한다.

천상의 꽃

저녁 햇살이 마실 나올 즈음이면 현무잎벌 애벌레들은 일부러 마중하듯이 이파리 위로 올라온다. 햇빛에 젖어 드는 하얀 분가루가 눈부시게 빛난다. 어찌나 환상적이던지 잠시도 눈을 뗄 수가 없다. 애벌레의 몸에는 주름이 많다. 그 주름 사이에서 하얀 천상의 꽃이 피어난다. 그러니까 주름은 천상의 꽃이 세상으로 나오는 자궁의 문이다.

참으로 이상한 일이다. 어느 날 달빛에 빛나는 현무잎벌 애벌레를 보고 있는데, 갑자기 오래된 얼굴이 떠올랐다. 항렬상 내 조카뻘인 그를 사람들은 '도사'라고 불렀다. 항상 빛이 나는 하얀 머리카락 때문이었다. 아, 그래서 그 애벌레를 처음 보는 순간부터 낯설지 않았구나! 그 하얀 분가루 때문에.

내가 어렸을 때만 해도 마을 저수지 뒤편 골짜기에는 초분이 남아 있어서 어른들도 혼자 들어가기를 꺼렸다. 그곳에 초가 한 채가 있었다. 도사의 집이었다. 돈 한 푼 들이지 않고 아무나 집을 지을 수 있는 땅은, 그곳뿐이었다.

도사는 평생 이발소를 멀리하였고 머리카락이 자기 맘대로 자라서 춤추도록 내버려두었다. 그러다가 너무 길어지면 거울도 보지 않고 낫으로 대충대충 제 머리를 잘라냈다. 어쩌면 삶이 너무 팍팍해서, 자신의 외모를 돌보는 것조차 사치였는지도 모른다. 도사는 어려서부터 '영감'이라는 별명을 들었는데, 그게 나쁘지 않았다고 동네 형들에게 술기운을 핑계 삼아 떠벌렸다. 하도 가난한 삶인지라 어서 어른이 되고 싶었다고 하면서.

"우리 부모님이 눈을 엄청나게 좋아했나 봐. 한동네에서 일하다가 눈이 맞았는데, 어느 눈 오는 밤에 둘이 마주치자마자, 미쳐버려서, 그냥 눈밭에서, 벌레처럼 달라붙어서 떼굴떼굴, 오메오메 이 세상이 망해버려도 이제 여한이 없다고 하면서, 오메오메 이 세상 다 가진 것처럼 좋다, 그렇게 그 산허리를 다 쓸면서 뒹굴고 다녔대. 그리고 열 달 만에 내가 세상으로 나왔는데, 그 하얀 기운을 받아, 나는 갓난아기 때부터 머리가 하얗게 된 것이지."

도깨비 같은 사람

도사는 자기 땅이 없었다. 그래도 희망을 품고 강가에 버려진 돌무지 땅에다 자신의 살을 녹여냈다. 해마다 그곳으로 덤벼들어 자갈을 골라내고 퇴비를 놓았다. "용왕님, 제발 올 한 해만 봐주십시오." 도사는 열 마지기가 넘을 법한 땅에다 혼자 모포기를 꽂았다. 논에다 물을 댈 때는 양수기도 빌리지 않았다. 양수기 이용료를 낼 돈이 없었다. 둘이서 두레질하여 논에다 물을 채우는 방법도 있었지만, 그러면 아내가 삯일을 나갈 수 없으니까 혼자서 감당해야 했다.

도사가 혼자 양동이로 강물을 퍼 올리면 지나가던 사람들이 걸음을 멈추고는 "저것이 사람이야 도깨비야…"고개를 절레절레 흔들었다. 하루에 양동이로 만 번 이상 퍼 올리는 일을, 도사는 서너 번만 쉬고 순식간에 휘몰아쳤다. 그럴 때 도사의 짱짱한 다리에는 시퍼런 거머리들이 달라붙어서 그 모진 생을 착취했다. 나는 거머리 때문에 도사의 머리가 하얗게 된 게 아닐까 하는 의구심을 품기도 했다.

야속하게도 용왕님은 도사의 소원을 한 번도 들어주지 않았다. 땅맛 본 벼들이 푸르게 푸르게 살이 오르면 어김없이 비가 쏟아져서 큰물이 났다. 도사의 꿈은 그렇게 사라져버렸다. 그날은 어김없이 술에 취해서 누군가랑 시비가 붙었다. 도사는 늘 상대에게 깔려서 굴러다녔다.

도사는 인간이 아니었다. 벌레였다. 벌레는 아무런 저항을 못 한다. 벌레의 유일한 무기는, 살아 있음이다. 살아 있다는 것은 꿈틀거리는 것, 그래서 도사는 끊임없이 꿈틀거렸다. 그것뿐이다. 살아 있음을, 그렇게, 나도 살고 싶다고, 같이 살자고, 몸짓으로 소리쳤을 뿐이다.

어쩌면 생이란 고통을 배워가는 과정인지도 모른다. 그래서 도사는 일부러 고통을 만들어서 자신을 학대하고 몸부림쳤는지도 모른다. 그렇다면 도사는 자기 삶에 가장 충실했다는 뜻이다. 애써 위장할 필요가 없을 정도로 가난했기에 가능했는지도 모른다. 더 이상 감출 것이 없는 살림이었으니까.

도사는 코피가 나고 입술이 터져도 꿈틀꿈틀 구르고 또 굴렀다. 도사의 아내가 소리치면서 들이닥치고 나서야 그 싸움은 끝이 났다. 그것이 연례행사였고, 그렇게 한 해 한 해 늙어갔다.

아름다운 무기

결국 도사네 가족은 조용히 서울로 떠났고, 그의 집은 온갖 흉흉한 소문에 시달리다가 1년도 버티지 못하고 주저앉았다. 나는 그 기억을 떠올리면서 애벌레를 더욱 유심히 내려다보았다. 보면 볼수록 도사하고 닮았다. 벌의 후손이 아니라 도사의 후손 같았다. 혹시 도사의 머리카락도 분가루가 아니었을까. 만약 다시 만날 수만 있다면 손으로 머리카락을 문지르면서 꼭 확인해보고 싶었다.

　마당의 백당나무에 사는 현무잎벌 애벌레들은 자주 땅으로 떨어졌다. 몇 마리는 개미들의 공격을 받았다. 처음에는 개미들이 하얀 분가루를 보고는 오히려 당황한다. 생전 그런 놈은 처음 보기 때문이다. 분가루 냄새를 맡자마자 돌아서는 놈도 있고, 분가루를 강력한 턱으로 물어뜯다가 돌아서기도 했다. 물론 집요하게 상대의 약점을 찾아 애벌레의 다리를 공격하는 놈도 있다.

　다리를 물어뜯긴 애벌레는 고슴도치처럼 몸을 웅크린다. 그때부터 개미의 공격은 새로운 양상으로 바뀐다. 애벌레는 더 많은 분가루를 뿜어서 자기만의 성을 쌓아 방어한다. 그전까지만 해도 깃털처럼 하나하나 주름골에 박혀 있었으나 이젠 전체가 솜사탕처럼 엉켜버린다.

　애벌레가 할 수 있는 것은, 그렇게 분가루를 뿜어내는 것뿐이다. 그러나 시간은 개미들 편이다. 개미가 몇 번만 배를 물어뜯어도 온몸에 힘이 풀린다. 그만큼 애벌레는 약한 존재다. 애벌레의 심장이 멎어도 한동안 분가루는 계속 자라난다. 그래서 다음 날 아침이 되었을 때는 아예 온몸을 뒤덮고 있었다.

우아한 생

현무잎벌 애벌레들은 워낙 약한 존재라서 어렸을 때는 한데 모여서 살아간다. 그리하여 거대한 항공모함처럼 세력을 이루니 감히 누가 건드리랴. 애벌레가 움직이다 줄기에 닿으면 해파리 촉수 같은 분가루의 끝이 그곳에 착 달라붙는다. 분가루 자체가 살아 있는 생명체 같다. 개미가 그를 쉽사리 공격하지 못하는 것도 그 끈적거림 때문이다. 조금만 물어뜯어도 턱에 분가루가 달라붙어서 떨어지지 않으니까. 분가루에 상대를 마비시키는 독성물질이 섞여 있는 것은 아니다. 상대의 공포심을 유발할 만큼 강력한 냄새를 가진 것도 아니다. 상대를 찌를 수 있는 것도 아니다. 진짜 아무것도 아니다. 그냥 크고 어마어마한 무엇인가로 보일 뿐이다. 그래도 분가루 덕분에 여리고 착한 애벌레는, 우아하게 살아갈 수 있었다.

그들도 성장하기 위해서는 때가 되면 옷을 갈아입어야만 한다. 더구나 자기 몸보다 훨씬 크고 무거운 분가루까지 걸치

고 있으니, 옷을 갈아입는 절차가 다른 애벌레보다 까다롭고 힘들다. 먼저 분가루를 벗어던지고 새 옷으로 갈아입어야 하겠지만, 그러기에는 너무 복잡하고 시간도 오래 걸린다. 그래서 분가루를 뒤집어쓴 채로 옷을 갈아입는다. 갈아입은 새 옷도 분가루가 한 세트로 되어 있다. 작은 몸속에서, 자기 몸보다 열 배 이상 큰 옷을 어떻게 마련할 수 있는지 그저 놀라울 따름이다.

꽃잎처럼 떨어진다

현무잎벌 애벌레는 생을 정리할 때가 되면 나무 아래로 자기 몸을 던진다.

나는 깜짝 놀라고야 말았다. 아니, 이게 무슨 짓이지? 천천히 줄기를 타고 내려오면 되는 것을, 왜 굳이 극단적인 행동을

하는가. 떨어진 애벌레는 충격으로 등에 짊어진 분가루의 조형물이 떨어지거나 부스러져나간다. 몸이 홀가분해진 애벌레는 곧장 땅속으로 파고든다. 다른 애벌레들처럼 미라로 살아갈 땅을 꼼꼼하게 살필 여유는 없다. 그의 특이한 신체가 그런 시간을 허락하지 않는다. 개미들이 오기 전에 최대한 빠르게 땅속으로 숨어야 하니까.

분가루가 떨어지지 않으면 그것을 짊어진 채 여기저기 돌아다니다가 낙엽 틈으로 파고든다. 분가루를 등에 진 채로 땅속을 파고드는 것은 한계가 있다. 그래서 애벌레는 그 상태로 땅속에다 반쯤 몸을 처박고는 분가루가 떨어져 나갈 때까지 기다린다.

태산만큼이나 크고 완벽한 분가루를 떼어낸다는 것은 결

코 쉬운 일이 아니다. 너무도 약한 몸을 지켜내기 위해서 분가루 조형물을 강화하는 데만 신경을 썼고, 정작 그것을 떼어내는 방법을 연구할 시간이 없었는지도 모른다. 그렇다고 누가 떼어주지도 않는다. 아무리 몸을 흔들어도 떨어지지 않는다. 비바람이 불고 어느 정도 시간이 흘러야만 조금씩 사라질 뿐이다. 그 시간이 애벌레들에게는 가장 힘들다.

그래서 극단적인 방법을 선택했다. 마지막 길은 생을 걸어야 하기에 더욱 단호했다. 현무잎벌 애벌레는 나무 아래 먼 낭떠러지를 생각하면서 잠시 두려워하다가 이내 몸을 던진다. 높은 곳에서 몸을 날리면 중간에 나뭇가지에 걸려서 더 효과적으로 보호망을 제거할 수 있다. 땅에 떨어질 때도 그 충격으로 보호망이 부서진다. 땅에 떨어진다고 해서 조금이라도 몸에 상처가 나는 것도 아니니까.

생의 마지막 골목에서 만난 목숨

나는 고향 친구랑 통화를 하다가 도사의 소식을 들었다. 도사가 우리 집 근처 대학병원에 입원해 있다는 말을 듣고 다음 날 오전에 찾아갔다. 병원 복도에서 마주친 도사는 대뜸 나를 보고는 "아니, 아재 아니요? 아재가 어떻게…" 하고 공대했다. 순간 어찌나 어색하던지 그만 아재가 이렇게 가까운 곳에 살고 있을 줄은 몰랐다고 어설픈 인사말로 맞대응했다. 조카뻘이지만 항렬 운운하는 세상이 저물어버린 지도 오래다. 게다가 상대는 90세가 넘은 노인이다. 그래서 나도 모르게 상호주의 입장에서 그런 말이 나왔는지도 모른다.

햇살에 짙게 그을린 도사의 얼굴에서는 유난히도 깊은 주름골이 출렁거렸다. 하지만 아직도 강가에서 거침없이 양동이로 물을 품어낼 것 같은 근육질이 느껴지는 탄탄한 몸이어서, 주민증을 보기 전에는 90세가 넘은 사람이라고는 전혀 믿어지지 않았다. 숱 많은 하얀 머리카락은 오히려 나이보다 젊게 보였다. 순간 진짜 도깨비가 아닐까 하는 생각이 들었다. 나도 모르게 웃음이 나왔다. "그 하얀 머리는 여전하시네요!" 나는 그렇게 농담을 던지면서 도사의 하얀 머리를 슬쩍 만져보았다. 아쉽게도 분가루처럼 부서지지 않았다. 도사는 하얀 머리에다 무스를 발라서 살짝 뒤로 넘겼는데, 하얀 숲이 머리에 얹혀 있는 것 같았다. 애벌레처럼 거꾸로 살아간다면 그 조형물이 더욱 근사하게 늘어졌을 것이다.

도사는 당신의 뇌에서 암이 농사를 짓고 있다고 했다. 그래도 치매가 아니니 얼마나 다행스러운 일이냐고 누런 이를 드러내고 수줍게 웃더니 고향에 대한 서툰 안부를 물었다. 산이

며 강과 들, 그 지긋지긋한 강변 돌무지 땅, 송장 썩는 비린내를
품은 초분들이 살던 골짜기까지 차근차근 끄집어냈다.

순간 휴게실 창문으로 흘러드는 햇살에 도사의 하얀 머리
가 유독 빛을 냈다. 도사의 삶이 어땠는지, 그것을 내가 평가할
수는 없다. 다만 도사의 눈빛을 보니까, 한생을 버텨온 존재의
가벼운 무게가 느껴졌다. 이제 곧 미라가 되기 위해서 땅속으
로 들어갈 아름다운 애벌레였다. 그곳에서 도사는 새롭게 환생
을 할 것이다.

나는 현무잎벌 애벌레가 사라진 흙을 보면서, 그들의 출생
비밀을 알려고 애를 썼다. 진짜 벌이 되는지 내 눈으로 확인하
고 싶었으나 흙속으로 들어간 그들은 철저하게 나머지 삶을 감
춰버렸다. 순간 어느 과학자의 목소리가 떠올랐다. "자연의 비
밀을 알게 되는 일이 인간들에게 유익한 것인지, 이것으로부터
이익을 얻게 될지, 인간을 해롭게 할 재앙이 될지는 누구도 알
수 없습니다." 프랑스 물리학자였던 마리 퀴리는 노벨상 수상
기념 강연에서 그런 명언을 남겼다. 물론 마리 퀴리가 알아낸
방사능의 비밀만큼이나 대단한 것은 아닐지 모르겠지만, 나는
그 작은 존재의 뜻을 존중해주기로 했다. 그들이 진짜 외계 생
명일 수도 있으니까. 그렇게 아름다운 생명이랑 한집에서 살았

다는 것만으로도 행복했다. 부디 내년 봄에도 우리 집에 꼭 찾아와주기를 바랄 뿐이다.

9

하늘을 나는 마법의 집, 설계자

차주머니나방 애벌레

그들의 시간 속에는 우리가 잃어버린 것들이 살아 있다.

눈치꾸러기 애벌레

어느 날 아침, 컴퓨터 자판기 아래서 낯선 녀석을 만났다. 그놈은 나를 보자마자 재빠르게 자기 집으로 숨어버렸다. 주머니나방 애벌레였다. 집 모양이 도롱이랑 비슷하다고 하여 도롱이나방이라고도 하는 이 녀석들은, 여름철이 되면 비가 들이치지않는 집 처마 밑으로 기어들기도 해서 어린 시절에는 그놈들을잡아서 재밌는 놀이를 했다. 아이들은 그 집을 하나씩 손에 쥐고 모여들었다. 어떤 방법을 쓰든 가장 먼저 애벌레가 얼굴을내밀게 되면, 그 벌레집을 가진 아이가 이기는 놀이다. 아이들은 집을 건드려보기도 하고, 땅에다 떨어트리기도 하고, 심지어

물에다 담궈보기도 하지만, 애벌레는 절대 얼굴을 내밀지 않았다. 그래서 아이들은 애벌레의 집을 손에 쥐고 기다렸다. 숨을 멈추고 손 떨림을 참아내다 보면, 애벌레가 얼굴을 내밀었다. 아이들은 애벌레를 통해서 기다림의 소중함을 알아갔다.

그런 기억을 곱씹자, 이번에는 꼭 그놈을 보고 싶었다.

한참을 기다렸더니 드디어 그놈이 슬그머니 머리를 내밀고 내 동태를 살핀다. 내가 슬그머니 몸을 움직이자 얼른 머리를 감춘다. "야, 너 어디로 들어왔냐?" 서재 정면에 있는 창문은 앞집 거실하고 바로 마주하고 있어서 일 년 내내 닫혀 있다. 다른 방에 있는 창문도 다 방충망으로 가려져 있어서 녀석이 들어올 틈이 없다.

주머니나방 애벌레의 집을 바닥에다 놓고서 한참 동안 집 안을 두리번거렸다. 그러자 애벌레도 집에서 고개를 길게 빼고는 두리번거렸다. 뭔가 불안해하는 눈치였다. 내가 어렸을 때 본 주머니나방 애벌레하고 달랐다. 왜 그럴까 하고 고개를 갸우뚱하다가, 녀석이 그러는 건 집이 바닥에 있어서일지도 모른다는 생각이 들었다. 내가 그의 집을 손에 들고 움직이자, 마치 자동차의 연료게이지에 붉은 불이 들어온 운전자처럼 고개를 내밀고 안절부절못하며 불안해한다. 그러다가 집을 벽에다 살짝 대고 있으면 어느새 얼굴을 내밀고는 실을 뽑아 그곳에다 집을 묶어버린다. 벽에다 집을 고정시킨 뒤에는, 반나절이 넘도록 얼굴을 내밀지 않았다. 역시 내 예상대로 그놈은 자기 집이 바닥에 떨어져 있었기 때문에 불안해한 것이었다.

하하, 이제야 알았다. 그놈의 얼굴을 보기 위해서는 집을 땅에다 떨어트리고 가만히 지켜보면 된다.

집을 통제하는 실

예전에도 몇 번 주머니나방 애벌레를 키우려고 데려온 적이 있지만, 며칠만 지나면 어디론가 사라져버렸다. 결국 그놈들은 키울 수 없다고 고개를 절레절레 흔들어버린 지 오래이거늘, 이렇게 제 발로 찾아온 것을 보자 웃음이 나왔다.

우리 주위에서 흔하게 볼 수 있는 주머니나방은, 차주머니나방과 남방차주머니나방 두 종이다. 집이 크면 남방차주머니나방이고, 집이 작으면 차주머니나방이다. 우리 집으로 들어온 녀석은 집이 작은 차주머니나방 애벌레다.

보통 애벌레는 자신이 원하는 나무만 있으면 다른 곳으로 가지 않는다. 그에 비해 이놈은 자기 이동식 주택이 있어서 그런지 늘 움직인다. 나무에다 올려주면 이곳저곳 움직이면서 나뭇잎을 먹다가 인간이 지은 집 수직의 벽에 달라붙는다. 그런 급경사를 오르는 애벌레도 드물다.

인간이 만든 인공 벽은 급경사에다 몹시 매끄럽다. 애벌레가 기어오를 수 있도록 거칠거칠한 껍데기옷을 입은 나무 줄기의 친절함을 떠올렸다가는 낭패를 당한다. 그래서 많은 애벌레가 벽을 오르려다가 좌절을 느끼는데, 이놈들에게는 불가능이란 게 없다. 더구나 무거운 집까지 낑낑대면서 끌고 다니거늘, 수직의 벽을 두려움 없이 오르는 것이 그저 놀라울 따름이다. 그러다가 힘들면 입에서 실을 뽑아 벽에다 집을 매달아 둔다. 그렇게 힘들 때 아무 곳에서나 쉴 수 있는 집이 있기에, 그들의 삶은 당당하다.

목적지에 도착하면 가장 먼저 입으로 실을 뽑아 집부터 고정한다. 그래야만 집의 무게 때문에 힘들어하지 않고 편안하게 쉴 수 있다. 주머니나방 애벌레가 이용하는 실은 어떤 바람에도 견디어낸다. 그의 조상들이 수만 년 동안 연구하고 고안해서 만들어낸 과학의 결정물이다. 만약 집을 고정하지 못하면 절대 쉬지 않는다.

그럴 때 보면 애벌레가 끌고 다니는 집이 커다란 황소 같다. 나는 어린 시절에 거친 황소를 끌고 20리 길을 걸어 장에 간 적이 있었다. 가다가 쉬고 싶을 때는 반드시 미루나무 가로수를 찾았다. 황소는 자동차가 지나갈 때마다 놀라서 튀려고 했고, 힘으로는 황소를 당해낼 수 없었다. 그러니 미루나무에다 묶기 전까지는 쉴 엄두조차 낼 수 없었다.

애벌레와의 대화법

차주머니나방 애벌레를 화분이 많은 애벌레 방에다 놓아주었다. 그곳에서 네 취향대로 골라서 이파리를 뜯어먹으라는 배려였다. 예민하기는 해도 애벌레는 식성이 까다롭지 않았다.

차주머니나방 애벌레가 나를 더욱 놀라게 한 것은, 그날 저녁이었다.

소파에 누워서 쉬려던 참이었다. 그때 천장에서 무엇인가 움직였다. 설마, 하고 일어나 보니 녀석이었다. 애벌레가 화분이 있는 방의 벽을 타고 거실로 넘어와서 천장으로 움직이고 있었다. 대롱대롱 엄청난 중력으로 흔들리고 있는 집을 끌고서, 저렇게 위태로운 항해를 하고 있었다. 아무리 인간의 눈에 그 집이 작아 보여도, 누군가가 한생을 걸고 살아가는 거대한 세상이다. 인간의 집이나 벌레의 집이나, 존재의 무게는 다 같다는 뜻이다. 우리 눈에만 작아 보일 뿐이지 벌레한테는 어마어마한 무게일 테니까. 실제로 그의 집은, 자기 몸보다 열 배 이상 크다.

"저놈이 미쳤나!" 내가 벌떡 일어나자 애벌레는 자기 집속으로 쏙 들어가버렸다. "야, 이놈아. 나와서 이야기 좀 하자!" 역시 그놈은 대꾸하지 않았다. 어느새 실을 뽑아 천장에다 집을 매달아놓았다.

그렇다는 것은, 이곳에서 잠깐 쉬겠다고 말한 거나 다름없었다. 애벌레는 그런 식으로 나에게 말하고 있었다. 슬그머니 내다보았을 때는 내가 궁금한 것이고, 쏙 들어갔을 때는 내가 두려운 것이고, 집을 끌고 움직일 때는 배가 고파서 가는 것이고, 실로 집을 매달아두었을 때는 쉬는 것이다. 일단 그 정도로 애벌레의 말을 알아들었다.

꿈의 주택

차주머니나방 애벌레가 집으로 쏙 들어가서 문을 닫고 있으면 어찌할 방법이 없다. 집을 흔들어도 보고, 실로 닫아놓은 문을 강제로 열어보았다. 그러자 녀석은 버럭 화를 내면서 고개를 내밀었다가 다시 감추더니, 이번에는 더 야무지게 실을 뽑아 문을 닫아버렸다.

그런 애벌레가 부럽다. 저런 이동식 집을 가지고 다닌다면 얼마나 좋을까. 시내에 나갔다가 비를 만나도 걱정할 필요가 없다. 바로 자기 집으로 가서 비를 피하면 되니까. 여름에 살인적인 더위 걱정도 필요 없다. 그의 집에 들어간 건축재료는 자기 몸에서 뽑아낸 실과 나뭇잎이나 풀이다. 실내는 그 어떤 방수제보다 품질이 좋은 실로 미장질이 되어 있어서 전혀 비가 새지 않는다. 그의 집은 완벽하게 비바람을 막아줄 뿐만 아니라, 에어컨이 없어도 덥지 않고, 난방하지 않아도 춥지 않다.

만약 인간이 그런 건축물을 짓는다면 환경오염은 거의 없을 것이고, 난방이나 냉방 때문에 발생하는 탄소도 거의 없을 것이다. 그야말로 꿈의 주택이고, 미래의 주택이다. 그런 주택을 짓기 위해서는 욕심을 버려야 한다. 우선 너무 커지면 곤란하다. 그 집이 비록 차주머니나방 애벌레한테는 과분하고 큰 집이지만, 다른 애벌레의 집하고 비교하면 그리 큰 것도 아니다.

차주머니나방 족 수컷들은 집을 가지고 다니다가 나방이 되어 세상으로 날아갈 때는 미련 없이 버린다. 절대 후손에게 양도하지 않는다.

다만 암컷들의 삶은 좀 독특하다. 암컷은 나방이 되어도 집에서 나와 날아가지 않는다. 스스로 날개를 없애버렸고, 무엇인가를 붙잡을 발도 버렸다. 이런 극단적인 선택을 하게 된 것도 그만큼 이동식 주택이 안전하기 때문이다. 너무너무 완벽한 집을 버리고 굳이 바깥으로 나가서 출산할 이유가 없다고 판단했다. 그래서 암컷은 한평생 자신이 지은 집에서 살다가 출산까지 하고 생을 마감한다. 아기들에게는 집이 무사히 깨어날 때까지 지켜주는 자궁이자 요람이다. 아기들은 알에서 깨어나서 어미가 지어놓은 집에서 안전하게 지내다가 바람이 불면 서둘러 집을 나간다. 그런 다음 작은 실을 뽑아서 입에 물고는 바람의 지휘를 받으면서 미지의 세상으로 떠나간다. 매미나방 애벌레들처럼 차주머니나방 어린 애벌레도 생의 출발을 여행으로 시작한다.

자기만의 우주

차주머니나방 애벌레는 자기 생을 위해, 자기만의 우주를 창조한다. 다른 애벌레들은 나무에 의존해서 살거나 혹은 땅속에 숨어서 살지만, 이들은 나무와 땅으로부터 완전히 자유롭다. 자기만의 집이 있기에 가능한 일이다. 작은 집이 이들의 우주다.

바람을 타고 미지의 세계로 날아간 어린 것들은 집 지을 궁리부터 한다. 인간들처럼 부를 과시하기 위해서가 아니다. 집이 지어지기 전까지 그들의 삶은 불안할 수밖에 없다. 집이란 그들의 든든한 보호자이다. 그래서 어린 애벌레들은 서둘러 자기 몸을 가릴 정도로 집을 짓고, 근처에 있는 나뭇잎으로 대충 가린다. 처음에는 그렇게 임시방편으로 집을 짓고 살아간다.

그러다가 몸이 자라면 점차 크고 튼튼한 집을 짓는다. 어린 것들은 학교도 가지 않고, 따로 집 짓는 법을 배우지도 않는다. 이미 그들의 뇌에는, 조상들이 수만 년 동안 고뇌하여 만들어놓은 집 설계도뿐만 아니라 건축공법까지 완벽하게 저장되어 있다. 어린 것들은 그 데이터대로 성실하게 집을 지어간다. 먼저 적당히 실로 뽑아서 타원형으로 집을 지은 다음, 외벽에다 나뭇잎 따위를 붙여서 도롱이 모양으로 만들어간다. 굳이 외벽공사를 하는 것은 미적인 측면과 보안 때문이다. 도롱이 모양으로 집 모양을 설계한 것도 나뭇잎처럼 보이게 하기 위해서다.

외벽공사에 필요한 나뭇잎은 자르지 않고 생김 그대로 이용한다. 집의 물매는 나뭇잎을 아래쪽으로 향하게 하여 세심하게 디자인하고, 나뭇잎의 꼭지만 외벽 가장 위쪽에다 실로 붙인다. 나머지 부분은 붙이지 않아야 더 자연스럽고 아름답다.

그런 식으로 외벽을 끊임없이 보강해간다. 애벌레의 목은 탄력이 워낙 좋아서 굳이 몸 전체를 다 집 밖으로 빼지 않고도 일을 할 수 있다. 그들은 몸을 360도 자유자재로 움직이고 돌린다. 목은 자라만큼 탄력적으로 늘어난다. 그들이 이런 집을 지을 수 있는 것도 탄력성 좋은 목 때문이다.

내 어릴 적 꿈

내 어릴 적 꿈은 아름다운 집을 짓는 것이었다. 당시 우리 마을에 집이 없는 사람은 없었다. 논밭 하나 없는 사람도 허름한 초가집에다 자기만의 작은 마당, 나무와 꽃밭을 갖고 있었다. 나는 그것이 당연하다고 생각했다. 이 세상에서 살아가야 하는 목숨으로 생겨난 이상 설령 가난하더라도 자기만의 작은 집을 갖고 있어야 한다고.

어린 시절 난 참 부자였다. 나무 위에다 집을 지었고, 나무 밑에도 지었고, 바위 밑에다 짓기도 했다. 내가 직접 굴을 파서 지은 집도 있었다. 또한 천연동굴을 발견해서 나만의 집으로 꾸미기도 했다. 어떤 집은 심고 싶은 나무까지 구체적으로 생각하기도 했고, 연못의 위치까지도 설계했다. 하지만 나는 아직도 우리 가족이 편안하게 살아갈 집을 짓지 못했다. 부단히도 열심히 살아왔는데 말이다. 그게 이다지 어려울 줄은 꿈에도 몰랐다.

나는 고등학생이 되어 도시로 나가서 유학했다. 그때부터 현실적인 집 걱정이 시작되었다. 나는 처음으로 남의 집에서 월세살이를 시작했다. 그러자 집이란 시골이 아니라 도시에 있어야만 가치를 인정받을 수 있다는 사실을 알았다. 집이란 우리 가족이 편안하게 사느냐 아니냐 하는 것이 아니었다. 집이란 돈의 가치가 얼마쯤 되느냐로 평가받았다. 그러기 위해서는 모두가 인정하는 집이어야 하고, 바로 도시라는 곳에 있어야만 했다.

그때부터 시골집을 도시로, 서울로 지고 올 수만 있다면 얼마나 좋을까, 하는 생각을 끝도 없이 하게 되었다. 저 애벌레처럼, 그놈처럼 집을 지고 올 수만 있다면 얼마나 좋을까.

집세에 대한 면죄부

내가 차주머니나방 애벌레에게, 여긴 우리 집이니까 주인의 허락을 받아야 하고 일정한 대가를 내야 한다고 말했다. 그놈은 황당하다는 표정을 지었다. "그런 말도 안 되는 소리가 어딨어? 난 분명 내 집에서 살고 있지, 당신 집에서 살고 있지 않아. 여

긴 우리 집이라고!" 아, 그렇게 따져 드니, 막상 또 할 말이 없어졌다.

녀석의 말도 틀린 건 아니지 않는가. 어쨌든 지금 애벌레가 머무르고 있는 곳은, 자기가 만든 집 안이니까. 그렇지만 그의 집은 분명 우리 집 천장에 매달려 있다. 그러니까 결국은 우리 집에서 사는 게 아닌가. 녀석은 단호하게 소리쳤다. 인간이랑 다른 벌레 그리고 또 다른 동물들에게 물어보라는 것이다.

그래서 난 주변 지인에게 이 문제를 의논했다. 그분은 너털웃음을 짓고는 참 애매하다고 답변하는 게 아닌가. 차주머니나방 애벌레의 말이 맞는 것 같기도 하고, 당신 말이 맞는 것 같기도 하고. 결국 누구의 입장을 지지해줄 수 없다고. 그러니 녀석에게 다시는 집세를 요구할 수 없었다.

집세에 대한 면죄부를 받은 녀석은, 더욱 대담하게 우리 집을 헤집고 다녔다. 어찌나 부지런한지 하룻밤이 지나고 나면 천장에서 내려와 책상 밑에서 발견되고, 다음 날은 서재 벽에서, 다음다음 날은 화장실 벽에서, 며칠 뒤에는 1층으로 내려가는 계단 끝에 있었다. 그런 식으로 다른 애벌레들이 밤새 부지런 떨어야만 갈 수 있는 거리를, 그놈은 무거운 집을 끌고서 움직였다.

하늘을 나는 집

차주머니나방 애벌레는 무거운 집을 지고 위로 오르거나 옆으로 이동할 때는 자연스럽지만, 높은 곳에서 낮은 데로 내려올 때는 곤란하다. 중력 때문에 무거운 집이 늘 자신의 머리보다 아래쪽으로 내려가기 때문이다. 그러니 낮은 곳으로 내려가기 위해서는 조심조심 뒷걸음질쳐야 한다. 애벌레는 그런 미련한 짓을 하지 않는다. 대신 실을 뽑아서 아래로 늘어트린 다음, 집을 실에다 연결하여 천천히 내려온다. 거대한 집이 허공에서 매달려 내려온다. 참으로 장관이다. 애벌레가 아니라 집이 나무와 나무 사이, 가지와 가지 사이로 흔들흔들 이동하다니! 가끔은 바람조차 놀라는 것 같다.

집이 나무에서 추락한다고 해도, 그들의 생명에는 아무런 지장이 없다. 차주머니나방 애벌레의 집은 인간이 지은 빌딩 100층 아니 저 우주에서 떨어져도 끄떡없다. 그만큼 완벽하다. 그런데도 추락에 대한 두려움을 갖는 것은, 땅이라는 곳은 늘 예상하지 못한 위험이 도사리고 있기 때문이다.

만약 땅에 떨어졌는데, 그곳이 물이라면 끝장이다. 자동차가 다니는 도로 한복판이라면 살아날 가능성은 희박하다. 떨어진 곳이 개미집이라면 지옥이나 마찬가지다. 땅에 떨어지자마자 갑자기 소나기라도 쏟아진다면, 그의 생은 예측할 수 없어진다.

그래도 새들의 눈에 띄는 건 버틸 수 있다. 새들은 그 안에 애벌레가 산다는 것을 알고, 부리로 쪼아보고, 발로 건드려본다. 그렇다고 애벌레가 나올 리 없다. 애벌레는 실을 뽑아 문을 단속하고는, 생이 흔들리는 두려움을 참아내면서 버틴다. 아무리 부리가 강한 새라고 해도, 애벌레가 만든 집을 부술 수는 없다.

개미라면 다르다. 개미들은 그 안에 있는 애벌레의 냄새를 맡는 순간부터 절대 서두르지 않는다. 그렇다는 것은 차주머니나방 애벌레가 만든 집의 역사를 존중하는 것이고, 서둘러서는 애벌레의 요새를 함락할 수 없다는 것을 안다는 뜻이다. 마치 남한산성으로 숨어든 어느 왕을 쫓아온 이국의 군사들처럼, 애벌레의 집을 포위하고 천천히 물어뜯는다. 시간은 개미들 편이다. 언젠가는 애벌레가 항복선언을 할 수밖에 없다. 더 영악한 개미들은 애벌레의 집을 아예 자기들 세상으로 끌고 간다.

차주머니나방 애벌레는 나무와 나무 사이로 편안하게 이동한다. 대롱대롱 중력에 시달려도 집 안에다 자신의 뭉툭한 가슴 부위를 고정한 다음, 스프링처럼 탄력 있고 강한 근육으로 무장된 상체를 이용하여 집을 들고 간다. 엄밀하게 말하면, 집을 들고 있는 것이 아니다. 자기 몸을 집이랑 하나가 되게 한

다음 나뭇가지에 매달린다. 그래야만 힘이 덜 든다. 매달린다는 것이 힘들기는 해도, 일정하게 버티는 근육만 기르면 오히려 더 수월하다. 그러나 땅에서는 그렇게 매달릴 수가 없으니, 오로지 자신의 근육으로만 집을 끌어야 한다. 그만큼 힘든 일이다. 그래서 애벌레는 집이 땅에 떨어지는 순간 무척 당황한다.

나를 관찰하는 애벌레

차주머니나방 애벌레는 천장이나 벽으로만 움직일 뿐, 바닥으로는 내려오지 않았다. 내 옷에도 달라붙지 않았다. 누군가의 인기척만 들리면 까만 얼굴을 집 안으로 쏙 감추고는 눈치를 살피다가, 주위에 아무도 없어야만 다시 움직였다.

그러니 나는 거의 불편함을 느끼지 못했다. 집 안에서 애벌레가 돌아다닌다는 걸 알면서도 전혀 불편함이 없었다. 녀석이 알아서 피하기 때문이다.

애벌레도 나랑 사는 것을 은근히 즐기면서 자기 방식대로 인간의 삶을 들여다보았다. 애벌레의 방 화분에다 심어놓은 달맞이꽃이 밤만 되면 특유의 살냄새를 풍겨냈다. 달맞이꽃이 냄새로 기억된다는 것은, 냄새로 말을 하는 그 꽃의 마법이 나한테 통했다는 뜻이다. 나는 달맞이꽃에다 코를 대고 한동안 멍

하니 있다가 옆에 있는 다른 줄기를 보았다. 놀랍게도 애벌레가 나처럼 달맞이꽃에다 얼굴을 처박고 있었다. 순간 소름이 돋았다. 설마 저 녀석이 내 행동을 흉내 내고 있는 것은 아니겠지. 몇 번 그런 일이 되풀이되자 애벌레가 나를 관찰하고 있다는 것을 확신하기에 이르렀다.

애벌레는 늘 내 주위를 맴돌았다. 특히 내 서재로 와서 책과 책 사이로 산책하는 것을 좋아했다. 처음에는 별 유별난 애벌레도 다 있네, 하고 웃었다가 혹시 외계 생명 아냐, 하고 의심했다. 그도 그럴 것이 그놈은 책꽂이 칸막이에다 자기 집을 고정하고 길게 고개를 빼서 책을 탐색했다. 만약 외계 생명이라면 책 겉모습만 보고도 속마음까지 다 헤아리는 능력을 갖고 있을 것이다. 내가 글을 쓰면 자판기 아래서 타자 치는 소리를 듣고, 모니터가 잘 보이는 곳에다 집을 묶어놓고 염탐했다.

뚱뚱한 뱃살의 비밀

그러던 어느 날 차주머니나방 애벌레가 보이지 않았다. 그동안 녀석이 돌아다녔던 동선을 기억하면서 이틀간이나 수색했다. 갑자기 사라져버린 놈이 밉기도 했지만 이제는 어찌해볼 수가 없었다.

그렇게 열흘이 지났다. 우연히 책상 서랍을 열다가 바닥에 떨어져 있는 애벌레의 집을 발견했다. 어떻게 그곳까지 들어갔는지 모르겠다. 그 정도면 뭔가 목적을 가지고 우리 집에 침투한 게 아닐까. 이번에는 단단히 추궁해야겠다고 마음을 먹었다. 애벌레의 집을 조심스럽게 끄집어내서 보니까, 문이 활짝 열려 있다. 집을 살그머니 흔들어 보았다. 그 안에서는 사사로운 흔들림도 발생하지 않았다. 집이 비어 있다. 그때부터 책상 속을 뒤지고 또 뒤지다가 책상 천장에 붙은 애벌레를 발견했다. 집에서 나와 있는 애벌레는 발가벗고 있는 것만 같았다.

　"우하하, 진짜 재밌게 생겼다!" 나는 애벌레를 보자마자 크게 웃어버렸다. 애벌레의 체형은 코뿔소랑 비슷했다. 그래야만 집이 그의 배에 걸려서 이동할 때 수월하다. 집을 그 통통한 배에다 걸치고 다닌다는 뜻이다. 그러기 위해서는 복근의 힘이 좋아야 한다. 오로지 배의 힘으로 무거운 집을 지탱하기 때문이다. 이동할 때는 배에다 힘을 주어 출입구 문에 딱 걸치도록 한다. 만약 집에서 나올 만한 상황이 되면 탄력 있는 배를 앞으로 늘이면 된다.

　차주머니나방 애벌레는 모든 시간을 집에서 보내기 때문에 다른 애벌레처럼 바쁘게 움직이지 않아도 된다. 애써 나무에 매달리지 않아도 되니까, 나뭇가지를 붙잡을 때 쓰는 뒷다리도 필요 없다. 대신 가슴 앞쪽에 있는 발은 다른 애벌레보다 강하다. 만약 턱걸이 시합이 열린다면 이들이 단연 1등일 것이다. 가슴 앞쪽은 용수철처럼 몸이 쭉 늘어난다. 그러니 몸이 뚱뚱해도 전혀 불편하지 않다. 자기 몸보다 훨씬 무거운 집을 들고 다녀야 하는데, 그까짓 몸의 뚱뚱함이 무슨 문제랴.

집을 잃어버린 자의 무기력증

"그동안 뭘 먹었니?" 나는 애벌레의 몸을 살피면서 물었다. 애벌레는 알몸을 가리듯 자꾸만 웅크리면서 더 어두운 쪽으로 달아났다. 나는 불빛을 다른 쪽으로 보내면서도, 그동안 아무것도 먹지 않고 살아 있는 그의 강인함이 그저 놀랄 따름이었다.

무슨 일인지 몰라도 애벌레가 집에서 나왔다는 사실이 이해되지 않았다. 녀석은 그 속에서 생을 시작하여 나방이 되어 떠날 때까지는 절대 그곳을 떠나지 않는다. 그러니까 뭔가 중대한 일이 발생한 모양이다. 살던 집을 버릴 정도라면, 아마도 자기 목숨하고 관련된 일이지 않을까. 그게 뭘까. 아무리 궁리해도 알 수 없었다.

애벌레는 집이 없으니까 홀가분하고 더 빠르게 움직여야만 하는데, 집을 끌고 다닐 때보다 비교할 수 없을 만큼 느렸다.

거의 패잔병 수준이다. 걸음걸이는 자신감이 없었다. 몸은 딱딱하게 굳어 있었고, 약한 바람만 불어도 놀라면서 예민하게 머리를 감추던 모습도 찾아볼 수 없었다. "에라, 모르겠다. 될 대로 돼라!" 그렇게 모든 삶을 다 포기해버린 것만 같았다.

애벌레는 앉은뱅이걸음으로 움직였다. 몸이 추락하지 않게 입에서 뽑아낸 실을 책상 천장에다 붙이고, 간신히 앞발로 이동한 다음 또 붙였다. 자기 몸이 집인 것처럼 이동하는 특이한 걸음걸이다. 그래야만 애벌레는 불안감을 떨칠 수 있다. 집에서 나온 그의 모습에서는, 한 생명체로서의 당당함이라고는 조금도 찾아볼 수 없었다. 늘 두리번거리면서 불안에 떨고 있었다.

다음 날 아침에 서랍을 열어보자 애벌레가 보이지 않았다. 혹시나 하고 버려진 옛집을 보았더니, 단단하게 바닥에 고정되어 있었다. 문도 닫혀 있었다. 녀석이 다시 그곳으로 들어갔음을 알았고, 나도 모르게 안도의 한숨을 쉬었다.

생가를 잃어버린 인간의 미래

지난 2년간 나는 집 때문에 너무 힘들었다. 지어진 지 2년밖에 안 된 집인데 주르르 주르르 물이 샜다. 애벌레라면 상상도 못할 일이다. 건축업자가 지어서 팔았다고 하는 집은, 건축 과정을 전혀 중시하지 않았다. 겉모습만 그럴듯하게, 적당히 지어서 팔았다. 인간들에게 집이란 과정보다는 결과가 중요하니까. 최대한 빠르게 지어서, 적당한 가격에 팔아넘기면 되니까.

나는 비만 오면 수십 개의 양동이를 들고 2층으로 올라가서 괜히 하늘만 원망하기도 했다. 자꾸만 이사 가고 싶었고, 가슴에는 화가 가득했고, 집이 싫어졌다.

그런 상황에 차주머니나방 애벌레의 집을 보니까 새삼 그가 부러웠다. 그러다가 은연중에 내가 잘못되었다는 것을 깨달았다. 집이 무슨 죄란 말인가. 사람을 미워해야지, 집은 아무런 잘못이 없지 않은가. 집도 살아 있는 생명이거늘, 그동안 나는 너무 집을 미워했다. 새삼 집에게 미안했다.

차주머니나방 애벌레의 집은 화장실까지 완벽하게 갖추고 있다. 집 위로는 드나드는 문이 있고, 아래쪽에는 화장실 문이 있다. 집 안에 머물다가 똥을 누고 싶으면 아래쪽으로 내려가서 화장실 문을 열고 엉덩이에다 힘을 주면 끝이다. 애벌레의 똥은 집 아래로 떨어진다. 그러니 집 안은 항상 청결하다. 볼일을 보고 나면 철저하게 화장실 문을 닫는다. 엉덩이에는 갈고리처럼 생긴 작은 발이 있다. 애벌레는 그 발로 문을 열고 닫을 때 이용하니까, 발이 아니라 손이라고 할 수 있다.

수컷 나방의 몸통은 끝이 뾰족하면서 길쭉한 편이다. 다른 나방하고 비교하면 확실하게 차이가 난다. 그 비밀은 화장실 문하고 관련이 되어 있다. 암컷은 날개가 없으니 밖으로 나올 수가 없고, 그러니 수컷이랑 만날 수가 없다. 그래도 걱정할 게 없다. 수컷은 암컷이 살고 있는 집을 발견하면 화장실 문 쪽으로 꼬리를 대고 상대에게 고백한다. 페로몬이라는 언어는, 그들이 안과 밖에 떨어져 있어도 전혀 소통하는 데 문제없다. 암컷은 보지 않고도 상대를 대충 파악할 수 있다. 상대가 마음에 들면 화장실 문을 열어준다. 수컷은 열린 화장실 문으로 자신의 길쭉한 몸통을 밀어 넣어서 암컷이랑 사랑한다. 그러니까 화장실 문은 그들의 생에 가장 중요한 사랑의 문이다.

날개를 포기한 암컷은 하나의 생명체로서의 자유를 잃어버렸다. 그것도 누구나 꿈꾸는 하늘을 나는 열망을 놓아버렸으니, 그런 선택을 하기까지 얼마나 많은 고뇌의 나날을 보냈을지 나는 상상조차 할 수 없다. 암컷은 자신을 희생시켜 종족 전체의 행복 지수를 크게 높였다. 암컷의 존재로 인해 어린 아기부터 수컷, 그리고 미라의 삶이 거듭거듭 이어진다. 암컷은 자기 운명에 확고한 주인이다. 암컷이 살아온 집 안에는 애벌레로서의 시간, 미라로서의 시간, 나방으로서의 시간 그리고 알이 깨어나기까지의 시간, 갓 태어난 어린 아기로서의 시간이 흐르고 있다. 그러니 그들에게 암컷의 집은, 소중한 역사적 유물이다.

차주머니나방 애벌레는 안락하고 편안한 집에서 자연스럽게 미라로 변해간다. 마치 인간이 자기가 살던 생가에서 자연스럽게 임종을 맞이하듯이. 이제 인간들은 생가에서 임종을 맞이하지 못한다. 다들 병원에서 첫울음을 맞이하고, 생의 마지막도 병원에서 종료하니까. 억척스러운 의술에 의지하여 목숨을 연명하다가, 한계가 왔을 때에서야 눈을 감을 수 있다.

가깝게 지내는 지인은, 자기 생가에서 한생을 보내온 것이 지겹다고 하면서 집을 허물고 새로 지을까, 아니면 다른 데로 이사할까 고민했다. 그때마다 나는 당신은 복 받은 사람이라고, 자기 탯줄을 받아준 집에서 살고 있다며 부드럽게 타박했다. 이제 생가라는 단어는 과거 속으로 묻혀버릴 것이다. 인간의 집이란 투기의 대상이고, 그저 몇 년간 살다가 거쳐 가는 공간일 뿐, 굳이 자기의 냄새를 집에다 남기는 것도 무의미한 일이다. 그에 비하면 차주머니나방 애벌레는 참으로 행복한 녀석이다. 앞으로도 그 후손들은, 이 세상에 시간이 살아 있는 한, 그렇게 자신이 지은 집에서 살다가 생을 마감하게 될 테니까.

어쩌면 그들의 집에는 오래된 인간의 시간이 남아 있는지도 모른다. 나는 그들에게서 우리의 미래를 더듬어본다. 그러다 보면 그들의 집에서, 그들의 시간 속에서, 우리가 잃어버린 것들이 살아 있음을 느낄 수 있다.

10

가만히 세상 모든 소리에 귀 기울이다

참나무산누에나방 애벌레

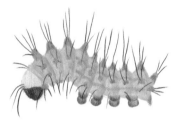

침묵의 뿌리는 살아온 생 전체를 전복시키는 것,
새로운 환생을 의미한다.

봄볕이 내리다

봄날의 숲은 늘 흐느적거린다. 바람에도 비에도 햇살에도 취해서 흐느적댄다. 그렇게 봄날은 한없이 깊어진다. 그렇게 흐느적거리면서 수많은 것들이 꿈꾸고, 영원을 노래하고, 미래를 출산한다. 우리 집 2층 뒤쪽 베란다에 앉아 있으면 숲 비린내에 취해 흐느적거리지 않고서는 봄을 무사히 지나갈 수 없다.

지난겨울까지만 해도 뒤 베란다는 비바람의 텃세가 심했다. 특히 찬바람이 송곳니를 다듬는 고양이처럼 늘 으르렁거리는지라 감히 나가서 한가롭게 눈맛을 즐길 엄두도 내지 못했다. 그런데 3월 초에 집주인이 지붕 공사와 함께 베란다 양쪽 옆을 적당히 가려주었다. 아래층 천장을 점령한 곰팡이들의 배후세력이, 뒤 베란다로 들이치는 빗물이라고 설비업자가 지목했기 때문이다. 공사를 하고 나자 좌우 측이 막혀 시야가 좁아지기는 했어도, 대신 비바람의 간섭에서 벗어나 멍 때리기 좋은 곳이 되었다. 게다가 우리 집 뒤쪽 비탈진 언덕에서 터 잡고 살아온 늙은 참나무가, 하늘에서 쏟아지는 빗살들을 모아두었다가 베란다 구석구석까지 팔을 뻗어 태양의 씨앗을 뿌려주었다. 참나무는 내가 의지하고 싶을 정도로 기품있고 영적인 느낌이 우러났으니, 바라다보는 것만으로도 마음이 신선했다.

파랑새

어느 날 참나무에서 파랑새의 탁한 노랫소리가 메아리쳤다. 나는 반가움에 벌떡 일어나서 손을 흔들었다. 내가 봄이 무르녹아 터지도록 뒤 베란다에 앉아 있었던 이유는, 그 파란 메아리에 대한 기다림 때문이다.

　파랑새는 2년째 그 참나무에다 살림을 차렸다. 이곳으로 이사하기 전까지만 해도 파랑새가 제비처럼 똑같은 장소로 귀향한다는 사실을 몰랐다. 어린 시절에 만났던 파랑새들은 사람이 접근할 수 없는 강이나 저수지 높은 절벽에다 구멍을 파고 살았다. 그런데 이 녀석들은 해마다 찾아와서, 까치들이 살다가 나간 헌 집을 적당히 수리했다. 그러니까 절벽 구멍에서 나무 위로 삶의 터전을 옮기고 새로운 모험을 시작한 셈이다. 귀향하는 전통을 더욱 중시하면서 새로운 것을 받아들이니, 그들이야말로 진정한 진보주의자들이다.

파랑새는 "새야 새야 파랑새야 녹두밭에 앉지 마라…"하는 옛노래에 나오듯 여리디여린 새인 줄 알았다. 아, 그런데 이 녀석은 그악스럽기로 소문난 까치하고도 맞짱을 뜨고, 심지어 까마귀하고도 당당하게 맞서는 깡다구가 있었다. "꽤꽤꽤엑!" 목소리는 탁하고 날카롭다. 까치보다 작아도 워낙 날갯짓이 부지런하여 빛의 속도로 허공에다 파란 선을 긋는다. 당연히 토박이인 까치들이 가만둘 리가 없다. 걸핏하면 시비를 걸고 기습적으로 들이닥쳐 알이나 어린 새끼들을 노략질한다. 그때마다 파랑새들은 굴하지 않고 맞섰다.

파랑새는 날마다 전쟁하면서 살아간다. 전쟁이 일상화된 삶인데, 그 고난의 집으로 귀향하는 그들의 마음을 도무지 이해할 수 없다. 그러면서도 고마웠다.

인연

까치들은 우리 베란다 쪽으로 뻗은 참나무 가지에 앉아서 파랑새들에게 시비를 걸었다. 내가 베란다로 나가면 불만 가득한 눈빛으로 파랑새 편을 들지 말라고 항의한다. 그때마다 어찌나 곤욕스러웠는지 모른다. 그러던 어느 날, 작은 것이 눈에 들어왔다. 까치들이 앉아 있는 바로 아래쪽 가지에 초록색 애벌레가 매달려 있었다.

그때부터 내 관심사는 파랑새와 까치가 아니라 애벌레한테 옮겨갔다. 색깔만 다를 뿐 누에와 가까운 친척임을 대뜸 알 수 있었다. 유리산누에나방 애벌레하고 비슷하면서도 더 통통하고 주름골도 깊었다. 햇살이 애벌레의 몸을 어루만지자 온몸에 돋아난 잔털이 눈부시게 빛난다. 아침에 안개가 덮이면 애벌레의 잔털에는 아주 작은 물방울들이 몽롱하게 몰려들었다. 어쩌면 애벌레는 잔털로 말을 하는지도 모른다. 녀석이 참나무 산누에나방 애벌레라는 것을 알고 나자 더욱 친숙해졌다.

온몸이 초록색인 것으로 보아, 애벌레는 어린 시절을 벗어나 청년기로 접어들었다. 만약 어린 애벌레였다면 온몸이 까맸을 것이다. 어쨌든 새들도 알아보지 못한 그 푸른 침묵이, 내 눈에 띄었다는 것은 기적이다.

나는 그 인연을 소중하게 받아들였다. 참나무산누에나방 애벌레의 몸은 옥구슬처럼 맑다. 어찌나 맑던지 몸속이 다 들여다보일 것 같다. 그렇게 맑은 색이 이 세상에 존재했던가. 천상의 빛으로 둘러싸인 애벌레는 좀처럼 서두르는 법이 없다. 모든 게 느릿느릿 여유롭다. 참나무는 워낙 커서 먹이 걱정도 필요 없다. 다만 이파리가 질겨서 소화하기에 쉽지 않다. 그런 나무를 선택한 순간부터 애벌레는 서둘러봤자 아무런 득이 되지 않는다는 것을 알았다. 참나무 이파리를 소화하기 위해서는 기다려야만 하고, 그러다 보니 느리게 살아가는 법을 깨닫게 되었다.

어찌나 느리던지 나무늘보가 떠올랐다. 어쩌면 먼먼 참나무산누에나방 애벌레의 조상들은 나무늘보랑 친척이었을지도 모른다.

비가 내리자 목마르게 바다를 갈망하던 나무들은 푸른 지느러미를 흔들어댔다. 애벌레는 살짝 상체를 추켜세워 더 부드럽게 물매를 만들고 그때부터는 마음껏 비를 허락한다. "그래. 맘껏 쏟아져라, 쏟아져라, 쏟아져라!" 그렇게 소리치면서 흔들린다. 어쩌면 물고기로 살아도 괜찮을 거야, 하고 생각했을 것이다. 그렇게 바다가 되는 상상을 하면서 나뭇잎이랑 한타령으로 움직인다.

바람의 배려

참나무산누에나방 애벌레를 만난 지 3주 정도 되었을까. 애벌레가 아무것도 먹지 않았다. 애벌레는 새들의 광장 같은 가지로 이동해서 거꾸로 매달려 있다. 마침 근처 산벚나무에서 유년 시절을 보낸 물까치 청년들이 광장에 나와서 요란하게 수다를 떨어댄다. 애벌레는 새들의 날카로운 발톱과 발톱 사이에 매달려 있다. 새들은 경험이 부족해서, 발가락 사이에 있는 그 말랑거림의 정체를 모르고 있었다. 그러니 그것을 바라보는 내 마음이 오죽했으랴.

나는 광장으로 새들이 모여들기만 하면 쫓아냈다. 그러면서도 새들이 내 속셈을 간파할까 봐 얼마나 불안했는지 모른다. 내가 자리를 비우기만 하면 까마귀가 날아오고, 직박구리, 참새, 심지어 파랑새도 거기에 앉아서 파수를 보았다.

애벌레는 전혀 겁먹지 않았다. 그렇게 이틀, 사흘, 나흘, 닷새가 지나갔다. 그리고 엿새째 되는 날. 내 손바닥 닮은 나뭇잎에서 애벌레가 벗어놓은 헌 옷을 발견했다. 애벌레가 옷을 벗는 것은 기다림의 시간이다. 머리끝에서 발끝까지 다 벗어야만 하니까. 애벌레의 삶에서 가장 중요한 일이고 가장 힘든 순간이다. 애벌레는 새로운 옷을 입어야만 나이를 먹을 수 있다. 그래서 그토록 오랫동안 단식하면서 기다렸던 것이구나! 그만큼 고통스럽고도 절박한 일이구나!

당연한 결과이지만 애벌레는 새 옷을 갈아입자마자 부쩍 커졌고, 주름골은 더욱 깊어졌으며 잔털은 거의 보이지 않았다. 나이가 든다는 것은 그만큼 지혜로우면서도 세상에 대한 자신감을 찾아가는 시간이다. 굳이 뾰족한 털을 갖고 있지 않아도 두렵지 않다. 이제 그에게는 나이가 가장 큰 무기다.

애벌레 종에 따라서 벗어놓은 헌 옷을 처리하는 방법이 다르다. 매미나방 애벌레는 헌 옷을 버리고 사라진다. 매미나방 애벌레가 살았던 줄기에는 수십 혹은 수백 벌의 헌 옷들이 거꾸로 매달려 있다. 주홍박각시 애벌레는 자신이 벗어놓은 헌 옷을 반드시 먹어서 처리한다. 워낙 얇고 부드러워서 먹기에 편하다. 그 단백질 덩어리를 그냥 두고 가면 낭비다. 참나무산누에나방 애벌레는 헌 옷을 줄기에다 걸어두지도 않는다. 그렇다고 먹어 치우는 것도 아니다. 그냥 나무 아래로 떨어트려서 흔적을 남기지 않는다.

나는 새삼 참나무에 깃들어 사는 바람의 따뜻한 배려에 감사했다. 바람은 근처에 사는 다른 바람들이 게으르다는 숱한 잔소리와 모욕적인 손가락질을 참아내면서 헌 옷을 나에게 보여주었다. 그러기 위해서 헌 옷을 지켜준 것이다. 그 가벼운 것, 애벌레의 과거를, 진심으로 보살펴주었다. 내가 사진을 찍고 나서야 바람은 그 가벼운 존재를 이파리 아래로 툭 떨어뜨렸다.

참나무산누에나방 애벌레는 새 옷을 입고 나서야 배고픔을 느끼고 옆에 있는 가지로 걸어간다. 몸은 앞으로 나아갈 때 쭉 늘어났다가 다시 움츠러들었다. 다리는 한 쌍이 같이 움직였다. 그러니까 양옆으로 다리가 두 개씩 나란히 있지만 사실상 하나나 마찬가지다. 다만 나무에서 살다 보니 하나의 다리가 두 개로 갈라졌을 뿐이다.

두 다리는 나뭇가지를 붙잡으면 감싸듯 끝이 만나서 달라붙는다. 그 어떤 바람이 불어도 다리는 풀리지 않는다. 그렇게 다리가 완벽하게 맞물리면 그제야 다른 다리가 풀어지면서 걸어가고 또 그렇게 맞물린다. 이 과정에서 조금의 오차도 없다.

며칠을 굶은 애벌레는 허겁지겁 먹어댄다. 살기 위해서 먹는 것이랑, 버티기 위해서 먹는 것이랑, 그냥 허기 때문에 먹는 것이랑, 즉시 힘을 내기 위해서 먹는 것이랑, 뭐가 다를까.

파랑새와 까치의 전쟁

새들의 전쟁은 더욱 치열했다. 알에서 부화한 파랑새 새끼들은 철딱서니가 없다. 어린 것들은 해가 뜨자마자 배고프다고 막무가내로 칭얼거렸으니, 다른 새들을 더욱 자극하는 셈이다.

대부분의 전투가 국지전이지만, 한바탕 소나기가 몰아친 뒤에 벌어진 전투는 거의 전면전이었다. 까치들이 사촌인 물까치들하고 동맹해서 수십 마리가 파랑새 집을 포위했다. 참나무 가지마다 그 동맹군들이 겹겹이 포진했다.

그때까지 중립을 지켜오던 내 마음이 몹시 흔들렸다. 파랑새들을 지원해주어야 하나 말아야 하나, 그런 고민을 하는 새에 전투는 더욱 치열해졌다.

최첨단 전투기 기능을 갖춘 파랑새들은 허공을 맴돌다가 누군가 둥지 근처로 다가서기만 하면 미사일처럼 내리꽂았다. 까치들도 호락호락 물러나지 않았다. 수십 마리가 한꺼번에 둥지를 공격했다. 배수의 진을 친 파랑새들은 생애 가장 비장한 목소리를 토해내면서 까치들과 맞섰다. 온갖 비명이 메아리쳤다. 전쟁이란 그렇게 참혹하다. 결국 파랑새는 피붙이 한 마리를 잃었다.

까치 한 마리가 어린 생명을 전리품으로 챙겨서 달아나자,

나머지 군사들도 우르르 그놈을 따라 멀리멀리 날아갔다. 파랑 새들은 새끼를 잃어버린 아픔을 참아내지 못하고 분노하면서 저 허공이 찢어지도록 소리쳤다. 그러고는 곧장 베란다에 앉아 있는 나를 향해 날아왔다. 환장할 노릇이다. 아무런 관련이 없는 나를 공격하다니. 녀석들에게는 화풀이 대상이 필요했던 모양이다.

그때부터 나는 베란다로 나가지 못했다. 섭섭해도 항의할 수 없었다. 그러니 참나무산누에나방 애벌레를 집 안으로 모셔 올 수밖에 없었다. 나는 애벌레를 키우는 방에다 큰 참나무를 세워주었다. 햇살이 들고 바람도 무시로 찾아왔다. 녀석도 마음에 들어 했다.

두려움을 이겨내는 법

참나무산누에나방 애벌레는 자신이 선택한 나뭇가지를 절대적으로 신뢰했다. 어지간해서는 움직이지 않는다. 움직임이 많을 수록 자신의 존재가 더 많이 드러난다는 것을 잘 알고 있다. 움직이지 않으면 그만큼 안전하다.

태초에 그의 조상들은 침묵하는 법을 배웠고, 두려움을 이겨내는 법을 배웠다. 두려움을 이겨내는 것은 두려움을 떨쳐내는 게 아니라 오히려 두려움을 인정하는 것이다. 애벌레는 날마다 새들의 발톱이 자신의 살갗을 움켜쥐어도 그 자리를 회피하지 않았고, 그런 순간순간을 받아들이면서 침묵했다.

또한 태양이 지배하는 낮이 더 위험하다는 것도 잘 알고 있다. 몸이 무거워진 뒤로는 나뭇잎을 믿어서는 안 된다는 것도 알고 있다. 애벌레는 항상 나뭇가지에다 뒷발을 고정하고 절대 움직이지 않는다.

애벌레는 따로 안전줄을 가지고 있지 않아서 스스로 자기 자신을 지켜내야만 한다. 문제는 뱃속으로 에너지원을 보충해주는 일을 할 때였다. 한 자리에 고정되어 있다 보니 나뭇잎을 먹기가 쉽지 않았다. 살기 위해서는 그 정도 불편함은 감수할 수밖에 없다.

애벌레는 나뭇잎을 갉아 먹기 위해서 몸을 360도 이상으로 꽈배기처럼 꼬아대기도 한다. 통통해도 몸은 놀라울 정도로 탄력적이라서 거뜬히 해낸다. 게다가 주름진 몸의 마디마디가 스프링처럼 늘어나기 때문에, 먼 거리에 있는 이파리도 상체를 쭉 뻗어 앞발로 끌어당길 수 있다. 웅크리고 있을 때보다 두 배 혹은 세 배 이상 몸이 늘어난다.

버리는 연습

참나무산누에나방 애벌레는 자신이 걸어 다니는 골목에 거꾸로 매달려 있다. 중력은 애벌레의 무게에 더해져서 더 아래쪽으로 잡아당길 텐데 전혀 불편하지 않다. 먹을 때도 거꾸로 매달려서 입안으로 밀어 넣는다. 중력을 거스르는 행위다. 심지어 똥도 거꾸로 매달린 채 항문 밖으로 밀어낸다. 이파리만 먹기 때문에 똥은 전혀 몸에 달라붙지 않도록 거의 완벽한 공예품이 되어서 배출된다. 어찌나 겁이 많은지 똥을 누다가도 바람이 불면 얼른 몸을 움츠린다.

사실 애벌레에게 빠르냐 느리냐 하는 것은 중요하지 않다. 얼마나 진실하게 사느냐, 얼마나 순간순간 최선을 다하느냐가 중요할 뿐. 느림은 이 생명에게 전혀 방해되지 않는다.

그들도 경쟁하지만 자기 삶을 배반하면서 누군가를 이기려고 하지 않는다. 진실하게 살아가는 과정을 무시하면, 그 결과도 참혹해진다. 그래서 누가 지켜보지 않아도 절대 과정을 적당히 지나치지 않는다. 어떻게 해서든 좋은 결과만 나오면 찬사를 받으면서 부와 명예를 거머쥐는 인간 세상과는 전혀 다르다. 늘 진실이 통하는 세상이기 때문에, 근원적인 불평등이 존재하지 않는다.

인간 세상에서는 느리다는 것이 무거워 보이고 삶의 경쟁력이 없다는 뜻으로 지진아 취급을 받는다. 하지만 이곳에서는 느리다는 것이 늘 무엇인가 버리는 연습을 하는 것만 같아서, 괜히 그 걸음걸이를 따라 하고 싶다. 어린 시절 새마을운동이 전국을 휩쓸 때는 부지런하지 않으면 죄인 취급을 받았고, 아프리카나 동남아 국가들이 가난한 것은 게으르기 때문이라고 공무원들이 노골적으로 소리치던 기억이 생생하다. 그런 말을 들을 때마다 나는 자존감이 위축되었다. 나는 유달리 잠이 많고 게으른 아이였다. 새삼 그런 기억이 덧나자, 더욱 느림에 대해서 곱씹게 되었다.

달빛

어느 날 내가 좋아하는 스님이 찾아왔다.

스님은 참나무산누에나방 애벌레 앞에서 차를 마시다가, 애벌레를 보자 우리가 잃어버린 시간이 느껴지고, 우리가 찾아가야 할 시간도 보인다고 했다. 잃어버린 우리의 미래를, 옛날 사람들이 미물이라고 치부했던 벌레에게 묻고 싶다고. "오늘 이곳에 온 것도 정말 인연입니다. 제가 벌레를 보고 마음이 편해지다니요. 사실 요새 힘든 일이 많았는데, 저 벌레를 보니, 그런 마음이 가라앉네요. 꼭 부처 같아요. 가만히 침묵하면서 세상 모든 소리에 귀를 기울이는 저 벌레가…" 나는 가만히 스님의 이야기를 가슴에다 담았다. "저 벌레의 몸에는 고요함이 머물고 있네요. 고요함은 그냥 생겨나는 게 아니라, 저 벌레가 그것을 기억하고 있어야 온몸으로 느낄 수 있는 것이지요. 저는 아무리 애를 써도 고요함이 마음속으로 느껴지지 않거든요. 그러니까 저는 벌레보다 못한 수도승이었습니다."

창으로 달빛이 새어들었다. 한참 있다가 애벌레가 나뭇잎을 사각사각 썹어대는 소리가 들렸다. "꼭 과자를 먹는 것 같네요!" 스님의 말에 나는 웃었다.

애벌레는 달빛을 좋아한다. 달빛은 흐르기 좋아하는 기질 때문인지 몰라도 방안 깊은 곳까지 찰랑거린다. 그때마다 애벌레는 아까운 달빛을 온몸으로 반기면서 또 다른 자신을 그림자로 복제한다. 바람이 불면 그림자도 흔들린다. 애벌레는 그렇게 자기 그림자와 나란히 있을 때가 가장 황홀해 보인다.

익어간다

참나무산누에나방 애벌레하고의 동거가 40일이 넘어섰다. 애벌레의 몸은 터질 듯이 탄탄했고, 꼬리 쪽부터 연노란색으로 우러났다. 그렇게 늙어가고 있었다. 이제 머잖아 애벌레로서의 생을 정리해야 한다.

아니나 다를까. 애벌레는 다시 단식에 돌입했다. 애벌레는 집을 짓기 전에 위장 속에 있는 모든 것들을 청결하게 비워낸다. 작은 배설물 찌꺼기 하나 몸에 남기지 않는다. 집을 짓는다는 것은 성스러운 행위이고, 그렇게 속을 비워내야만 몸속에서 좋은 실을 뽑아낼 수 있다.

애벌레는 자신이 살아온 골목길로 느릿느릿 걸어갔다. 자신이 살아온 모든 시간이 걸려 있는 이 작은 나뭇가지에서 새로운 길을 만들어야 한다.

애벌레는 상체를 들어 바람의 냄새를 맡았다. 바람은 진원지를 알 수 없는 흔들림을 몰고 오는데, 그때마다 애벌레는 세심하게 그 진도를 감지했다. 바람 속에는 시간이 들어 있고, 맛과 색깔도 들어 있다. 바람의 세기에 따라, 낮이나 밤에 부는 바람에 따라, 애벌레는 앞으로의 날씨를 예측할 수 있다. 바람이 오늘부터 내일까지는 날씨가 좋다고 알려왔다.

날씨를 예측한 애벌레는 가지 끝으로 가더니 적당한 나뭇잎을 붙잡고 두리번거린다. 몸이 무거워져서 나뭇잎에 매달리는 것이 위태롭다. 그래서 안간힘을 다해 나뭇잎 모서리 혹은 세로로 된 나뭇잎 테두리 쪽을 붙잡았다. 나뭇잎의 역사를 잘 알고 있어야만 가능한 일이다.

참나무 이파리

애벌레는 먼저 접착력이 좋은 하얀 실을 뽑아 나뭇잎 서너 개를 붙여간다. 집을 지을 때 주변에서 알아보지 못하도록 공사장 보호막을 치는 일이다. 애벌레가 짓는 집은 자연의 전통을 잘 살리는 생태건축물이다. 우주를 호령하는 저 태양도 작은 이파리 한 장이면 충분히 가려질 수 있다. 그러니까 나뭇잎이 우주보다 저 태양보다 더 클 때도 있다. 그런 이파리와 이파리를 서로 자연스럽게 겹쳐지게 하자, 그 사이에 엄청난 세상이 생겨난다. 애벌레 대여섯 마리가 숨을 수 있을 만큼.

애벌레는 이파리를 조금도 다치게 하지 않는다. 이파리를 파괴하고 짓는 게 아니라 집이 그 품에 푹 안기는 것, 즉 이파리

가 되는 것이다. 그것이 공사의 핵심이다. 나무는 애벌레의 모든 것이다. 이파리가 시들거나 나무가 죽으면 자신의 미래도 없다.

애벌레는 그런 참나무의 오래된 시간을 믿고, 늘 자신이 먹고 살아온 이파리에게 자신의 미래를 맡긴다. 자신이 먹고 살아온 이파리를 존중하고 성스럽게 떠받든다. 그래서 집을 나뭇가지에다 매달아두지 않았고, 이파리 사이에다 매달아서 그들과 운명을 같이 한다.

이파리 여러 장을 모아서 붙여놓은 것도 만약의 사태에 대비하기 위해서다. 혹시라도 하나의 이파리가 바람에 찢겨 나가면, 다른 이파리가 그 무게를 감당해준다. 물론 이파리가 줄기보다 영원하지 않다는 것도 잘 안다. 그래서 그들은 집 안에서 살아갈 시간 즉, 집의 유통기간을 명확하게 제한해두었다.

참나무산누에나방은 가을바람이 선선해지기 전에 미라의

집 생활을 청산한다. 가을바람이 서늘해지면 이파리의 힘이 약해지니까, 딱 그 정도까지 거주한다. 만약 그곳에서 더 살아야 한다면 집을 이파리 사이에다 고정하지 않았으리라. 좀 더 단단하게, 좀 더 안전하게, 이파리가 아니라 나뭇가지에다 고정하는 공법을 썼을 것이다.

애 터지도록 느리다

나뭇잎 서너 개를 붙이는 가림막 기초공사는 자정이 넘도록 계속되었으니, 본격적인 공사는 새벽이 되어서야 시작되었다. 달라붙은 나뭇잎 사이에다 타원형의 집을 짓기 시작하는데, 이때부터는 옥빛 실을 이용했다. 이 실은 기초공사 때 쓰던 하얀 실처럼 접착력이 강하지는 않지만 질기고 강하다. 그러니까 애벌레는 두 가지 실을 건축재료로 이용한다.

애벌레의 몸이 비대해도 몸 마디마디가 정확하게 구분이 되어 있고, 탄력이 있으며, 접히도록 설계되어 있다. 만약 좁은 공간에서 몸을 최대한 움츠리지 않으려면 그만큼 집도 크게 지어야 한다. 당연히 시간도 오래 걸리고, 건축자재도 많이 필요하고, 여러 가지로 불편할 것이다. 그래서 그들은 자기 몸을, 최대한 움츠러들 수 있도록 설계했다.

어쨌든 절대로 서두르지 않는다. 느림의 미학을 추구하는 그들답게, 느릿느릿, 움직인다. 느린 만큼 꼼꼼하다. 사소한 소리만 나도 작업을 중지한다. 그러니 바람이 불거나 비가 온다면 곤혹스러운 일이다.

날이 밝아올 무렵이 되어서야 집의 윤곽이 드러났다. 집은 실루엣처럼 잎과 잎 사이에 절묘하게 숨겨져 있다. 옥빛 실 사이로 언뜻언뜻 애벌레의 움직임이 아롱거린다. 여전히 애벌레는 느리다. 느린 만큼 집은 아름답다. 환상적이다. 애벌레는 첨단건축공법을 모른다. 그래도 첨단공법으로 지어진 인간의 집보다 튼튼하다. 거의 완벽하다.

애벌레는 집이 다 지어지고 나서야 수고로운 노동으로 지친 자신을 달래면서 고요해진다. 이제 이곳에서 새로운 환생을 준비할 것이다. 집 아래에서는, 누군가 지문처럼 뜯어먹고 남은 이파리가 무슨 경전을 읊조리듯 속삭이면서 흔들린다.

침묵의 뿌리

인간의 시간으로 1주일, 애벌레의 시간으로는 얼마나 많이 흘러갔는지 모른다. 애벌레의 집 속에는 작은 생명이 누워 있다. 얼굴부터 가슴까지는 더듬이랑 날개랑 다리가 새겨진 가면을 쓰고 있고, 몸은 쭈글쭈글 주름으로 덮여 있는 미라다. 미라 엉덩이 밑에는 애벌레였을 때 입었던 헌 옷 꾸러미가 차곡차곡 쟁여져 있다.

집 안에는 빛이 존재하지 않아 색을 찾아볼 수 없고, 이 세상에서 가장 고요한 시간만이 흐르고 있다. 완벽한 침묵이다. 침묵의 뿌리는 살아온 생 전체를 전복시키는 것, 새로운 환생을 의미한다. 그래서 그 침묵은 도발적이고도 무겁다.

인간의 시간으로 20일, 아니 한 달가량이 지났을 것이다. 가면처럼 붙어 있는 미라의 얼굴 쪽에서 살갗이 떨리더니 미세하게 금이 간다. 얼마쯤 있다가 더듬이와 두 다리 사이가 세로로 갈라진다. 그 속에서 작은 발이 나온다. 아직은 형체를 알 수 없는 나방의 작고 통통한 발이다. 나방은 미라의 껍데기 속에서 몸을 빼려고 끙끙거리고, 잠시 숨을 몰아쉬다가 입으로 딱딱한 껍데기를 물어뜯었다.

잠시 뒤 작은 구멍이 생겼다. 나방이 힘을 주자 잔뜩 웅크렸던 몸이 팽창한다. 미라의 몸 여기저기에서 균열이 생긴다.

드디어 나방이 미라 속에서 빠져나왔다. 하지만 집 안은 날개를 펼치기에 너무 좁다. 날개가 완성되어야만 비로소 긴긴 미라의 침묵이 새로운 생명체로 환생하는 것이다. 날개는 나방의 모든 것이다. 그것을 펼치기 위해서는 어서 문을 열고 바깥 세상으로 나가야 한다. 나방의 입에서는 특수한 침이 흘러나왔고, 애벌레였을 때 지어진 집이 반응하면서 천천히 녹아내렸다. 집 위쪽에 생긴 문은 너무 작아서 나방이 빠져나오기 힘들어 보인다. 그런데도 나방은 더 이상 문을 넓히지 않고, 무모하리만큼 용감하게 머리를 밀어 넣었다. 한참 몸부림을 하자 머리가 그 문을 간신히 빠져나왔다.

나방은 너무 많은 힘을 썼다. 다시 힘이 회복될 때까지 기다려야 한다.

통통한 생김이 황소를 연상시키는 나방은 쭈글쭈글한 날개를 매달고 있다. 아무리 인간이 만든 시계가 빠르게 움직여도, 아무리 잔바람이 서둘러야 한다고 다그쳐도, 날개는 느릿느릿 펼쳐진다. 인간의 시간으로 한 시간 정도 지난 뒤에야 날개가 완성되었다. 나방은 날개를 자랑하듯이 세로로 접었다. 온갖 갈색과 연한 분홍빛이 어우러진 날개 안쪽에는 동그랗게 생긴 우주의 문양이 새겨져 있고, 황갈색 털옷을 입고 있는 몸속에서 심장의 파동이 느껴진다. 또 그렇게 느림이 바람과 인간의 시간을 애 터지게 한다. 나방의 날개가 수평으로 펴지면서 하늘을 나는 비행체로서의 환생을 마무리 짓는다. 나방은 훨씬 더 자유롭고 다양한 마법의 색이 새겨진 날개 안쪽을 감추고, 빗살 모양의 더듬이로 동족들에게 환희에 찬 인사말을 건넸다.

그것이 그들의 오래된 전통이다.

빈집

그 참나무산누에나방은 암컷이었다. 나는 나방이 애벌레였을 때까지 살았던 곳으로 보내주었다. 나방은 미세하게 날개를 떨면서 안전하게 자리를 잡았다.

그날 저녁 9시쯤 가보니, 나방은 어딘가로 떠난 뒤였다.

작별 인사를 제대로 나누지 못해서 그런지 이상하게도 마음이 허전했다. 나도 모르게 나방의 빈집으로 걸어갔다. 내가 태어났던 생가를 떠올리면서, 그곳이 텅 비어버린 상상을 하면서. 그러니까 애벌레의 집이 아니라 내 고향 집으로 가는 기분이었다.

주인인 나방은 이미 떠났고, 동그랗게 문이 열려 있다. 집 안에는 미라의 잔해가 가득 들어차 있다. 미라는 가슴 윗부분과 아랫부분 그렇게 두 동강이 난 상태였다. 미라의 머리에는 오래된 화석처럼 나방의 형태가 남아 있다. 마치 수천 년 된 어느 왕조의 무덤 속에 들어온 듯 신성한 기분이다. 애벌레가 입고 있던 옷도 뒹굴고 있다. 미라가 되기 직전에 벗어놓은 옷이다.

이제 이 집에서 누가 살아갈까. 달팽이가 와서 살 수도 있고, 쥐며느리, 혹은 버섯들이 살아갈 수도 있겠지. 그렇게 누군가의 냄새가 배어 색이 바래고, 여기저기 허물어지고 썩어가면서 결국은 흙으로 바스러질 것이다.

11

탱자나무에서 만난 애벌레와의 대화

큰빗줄가지나방 애벌레

때론 아이가 어른들에게 길을 가르쳐준다.

친구의 등을 타고 넘어간 자벌레

갑자기 P한테서 전화가 왔다. 초등학교 졸업 후 처음이니까, 우리의 입에서는 거의 동시에 40여 년 만이라는 묵직한 말이 튀어나왔다. 나는 이미 P에 대한 자잘한 소문을 귀동냥한 터라 현재 P의 삶을 대충 알고 있었다. 다만 내가 동창회를 등지고 살아서 P를 만나지 못했을 뿐이다. P의 목소리는 귀에 거슬릴 정도로 힘이 넘쳤다. 그렇다는 것은, P의 삶이 나름대로 성공했음을 의미한다. 실제로 P는 사업에 성공하여 우리 집보다 비싼 차를 끌고 다닌다. 명절날이면 P는 일부러 고향 면사무소나 군청 주차장에다 고급 외제 차를 모셔놓고 과시하니까, 한편으로는 성공에 대한 열망이 얼마나 컸는지를 느낄 수 있다.

안타깝게도 나는 P에 대한 좋은 기억이 없다. 당연히 P를 보고 싶다는 갈망도 들지 않았다. 그런데 P는 내가 잃어버린 온갖 자투리 기억까지 다 들추어내면서 친한 척하더니, 이른 시일 내 만나자고 은근히 압박까지 했다. 참으로 난감한 일이다.

6학년 때 짝꿍이었던 P는 나보다 공부도 잘하고, 운동도 잘하는 거의 스타급 학생이었다. 외모도 시골아이답지 않게 세련되고 맑았다. 유일하게 나보다 열세인 것은 작은 키였다. P는 그런 단점을 무쇠 같은 깡으로 극복했다. 그래서 그런지 누구와 싸워도 지지 않았다.

P는 무시로 나를 불러서 과자 셔틀을 시키고, 자신의 연애편지까지 배달시켰다. 10리 길을 걸어가서 P가 원하는 여자아이에게 편지를 전달해주고 돌아설 때의 수치감이란, 그 나이에 감당할 수 없을 정도로 무거웠다. 괜히 동네 골목에서 어슬렁거리던 똥개에게 화풀이하면서도, 바보 같은 나를 얼마나 원망했는지 모른다. 집으로 돌아오다가 하도 맥이 빠져서 강가에 앉았다. 그때 풀잎에 갈색 자벌레 한 마리가 보였다.

순간, 옳지! 하고 나도 모르게 손으로 잡았다. 집에 가자마자 작은 종이상자 속에다 애벌레를 넣었다. 다음 날 자벌레가 든 종이상자를 가방 속에다 넣었다. 2교시가 체육 시간이었다.

나는 자벌레를 손아귀에 쥐고는 슬그머니 P의 뒤를 따라갔다. P의 등에다 자벌레를 붙일 때 어찌나 손이 떨리던지, 내 몸이 해체될 것만 같았다.

막상 자벌레가 P의 등을 거슬러 오르자, 겁이 나면서 식은 땀이 흘렀다. 나는 더 이상 P를 볼 수 없었다. 자벌레가 P의 어깨를 넘어갔는지 어쨌는지도 모른다. 체육 시간이 끝나고 P가 매점에 가자고 불렀을 때는 배가 아파서 그만 주저앉아 버렸다. 그날 밤 진짜 P가 죽는 꿈까지 꾸고 나자 아침밥도 먹을 수 없었다. 내가 감당할 수 없는 엄청난 파국이 일어난 것만 같았다. 나는 그때까지만 해도, 자벌레가 등을 타고 어깨로 넘어가면 그 사람이 죽는다는 말을 믿고 있었다.

아이들이 자벌레를 가지고 놀면 어른들이 그렇게 말했다. 자벌레가 사람을 넘어가면, 그 사람이 죽는단다. 그러니까 자벌레를 사람 몸에다 붙이고 놀면 안 된다고.

나는 힘겹게 학교에 갔다. P는 너무도 멀쩡했다. 나는 죽지 않은 P가 너무도 고마웠다. 하마터면 P를 끌어안을 뻔했다.

그로부터 한 달 뒤 P는 갑자기 전학을 가버렸다. 소문에 의하면, 부모님이 이혼하고 대규모로 하던 누에농사가 망해버렸다고 하였다.

돌이켜보면 P는 늘 나한테 가해자였는데, 이상하게도 나는 그에게 빚지고 사는 기분이었다. 바로 자벌레 때문이었다.

전화를 끊고 나자 새삼 자벌레가 보고 싶었다.

자벌레 놀이

자벌레라고 하면, 몸이 가늘고 길쭉하여 한 자 두 자 세어가면서 걸어가는 애벌레들을 말한다. 그러니까 특정한 종의 애벌레를 가리키는 것이 아니다.

보통 애벌레들은 꿈틀꿈틀 잔걸음으로 걸어가는 표준형이 있고, 가늘고 긴 몸을 꼼지락꼼지락 큰 걸음으로 걷는 자벌레형이 있으며, 표준형과 자벌레형의 장점을 적절하게 섞은 혼합형이 있다. 그것은 살아가는 방식의 표현이다. 보통 애벌레들은 몸 가운데 배에 있는 네 쌍의 다리가 걸음걸이의 중심이다. 턱 밑에 있는 세 쌍의 앞다리는 인간의 눈에는 잘 보이지 않을 정도로 작은 경우가 대부분이다. 앞다리는 걷는 데 이용하지 않고 주로 나뭇가지를 붙잡아서 잡아당길 때 쓴다. 자벌레는 몸 가운데에 있는 배다리 네 쌍을 없앤 다음 크고 튼튼하게 두 쌍을 따로 만들어서 몸 뒤쪽에다 배치했다. 그리고 턱 밑에 있는 세 쌍의 앞다리도 크고 튼튼하게 만들어서 걷는 데 이용한다. 자벌레형의 장점은 가늘고 긴 몸을 최대한 이용하니까

장애물 극복 능력이 탁월하다는 것이다. 게다가 몸의 뒤쪽에다 중심을 두고 인간처럼 일어설 수 있어서, 제법 멀리 떨어져 있는 가지와 가지 사이의 공간도 극복할 수 있다. 몸은 가늘어서 다양하게 위장할 수도 있다. 가장 취약한 점은 늘 체중 관리를 해야 한다는 점이다. 몸이 비대해지면 절대 안 되니까. 그래서 몸이 큰 박각시 애벌레나 누에나방 애벌레들은 이런 구조를 택하지 않았다. 결국 자벌레형은 중소형 애벌레들에게 적합한 구조라고 할 수 있다.

그런 독특한 생김새와 걸음걸이 때문에 자벌레는 아이들하고 친했다. 자벌레 놀이는 아이들이 즐기는 숲속 놀이였다. 숲속에 들어가서 각자 자기만의 자벌레를 잡아 온다. 자벌레를 잡지 못하면 놀이에 낄 수 없다. 아무리 놀이를 하고 싶어도 벌레를 찾지 못하면 늘 구경꾼으로 머물러 있어야만 했다. 벌레를 잘 찾는 아이가 졸지에 관심을 받는다. 누군가는 그 아이에게 가서 과자나 구슬 따위를 주고 자벌레를 받아오기도 한다. 그렇게 선수들이 모이면 적당한 곳에다 출발선을 그어놓고 각자 잡아 온 자벌레를 거의 동시에 풀어놓는다. 어느 지점까지 먼저 기어가는 자벌레가 이기는 게임이다. 문제는 자벌레랑 말이 통하지 않다 보니 황당한 변수가 생긴다는 점이다. 그래서 긴장감이 있었다. 어떤 자벌레는 자꾸만 뒤로 가고, 어떤 자벌레는 옆으로 가고, 어떤 놈은 아무리 건드려도 그 자리에서 움직이지 않는다. 그야말로 천차만별이다.

자벌레를 달래가면서 목표지점까지 끌고 가기란 진짜 쉽지 않다. 그래도 자벌레가 움직이기 시작하면 입에서는, "간다 간다, 내 자벌레가 간다!" 하고 즐거운 비명이 터져 나온다. 때론 큰 돌을 지나고, 때론 작은 물웅덩이, 때론 가지와 가지 사이를 길쭉한 몸으로 다리를 놓으면서 건너간다. 그때마다 박수가 터져 나온다. 그러니 자벌레는 아이들하고 친구가 되지 않을 수 없었다.

나는 갑자기 자벌레를 키우고 싶었다. 부랴부랴 마당으로 나갔다.

돌이켜보니 난 운이 좋게도 수많은 동물을 키워보았다. 산토끼도 키워보고, 꿩, 비둘기, 솔개, 소쩍새, 뱀, 꾀꼬리, 쌍살벌… 그때마다 벌어지는 그들의 놀라운 세계, 기적 같은 일, 새로운 변신이 나를 황홀하게 하였다. 아침에 일어나서 그들이 있는 곳으로 갈 때마다 오늘은 또 무슨 일이 기다리고 있을까, 하는 설렘으로 늘 발걸음이 부풀었다.

어른이 되어 애벌레를 키울 때도 마찬가지였다. 날마다 새로운 선물을 받는 기분이었다. 아이를 키우면서 느끼는 맛이랑 똑같다고나 할까.

탱자나무

나는 마당으로 나가서 고양이 걸음으로 걸어 다녔다. 풀잎의 싱그러운 숨소리가 느껴지면 잠깐 걸음을 멈추었다가 다시금 자벌레를 찾아 여기저기 돌아다녔다. 나도 어린 시절에는 자벌레를 잘 잡는 아이였는데, 한나절을 뒤져도 녀석들을 찾을 수 없었다. 그러니까 자벌레는 아이들에게만 잘 보이는 모양이다. 내가 지쳐서 포기하려고 할 때, 탱자나무 가지에 작은 나뭇가지 같은 것이 보였다. 자벌레였다. 순간 어릴 적 동무라도 만난 것처럼 반가웠다. 자벌레는 유독 가지가 촘촘한 탱자나무 가지와 가지 사이에다 긴 몸을 늘어트린 채 달라붙어 있었다. 뒷다리에다 중심을 두고 일어서서 앞다리로 탱자나무 가지를 꼭 붙잡고 있었다.

부랴부랴 그에 대한 정보를 수소문했다. 워낙 자벌레 구조를 채택한 애벌레들이 많고, 생김새도 비슷비슷해서 종을 구별해낸다는 것 자체가 쉽지 않다. 게다가 애벌레들은 나이에 따라서, 주변 환경에 따라서, 날씨에 따라서 몸 색깔을 바꾼다.

이 녀석은 큰빗줄가지나방 자벌레였다. 나방의 날개에 커

다란 빗줄이 그어져 있다고 해서 붙은 이름이다. 진한 먹빛을 띤 두 개의 빗줄이 만나 큰 산처럼 보였다. 큰 산을 신으로 모시고 살아가는 나방의 날개는, 할머니의 단아한 공단 치마를 연상시켰다.

탱자나무는 작은 새들이 좋아하는 광장이었다. 우리 집에서 사는 수십 마리의 참새들, 두 마리의 딱새, 끊임없이 오고 가는 박새들, 오목눈이들, 멧새들까지, 하루에도 수십 마리의 새들이 놀다 가는 곳이다.

바로 그곳에, 작은 새들이 가장 만만하게 얕보는 자벌레란 놈이 살고 있을 줄 누가 알았으랴. 아마 새들이 이런 비밀을 알았다면, 그놈을 용감하다고 해야 하나 무모하다고 해야 하나, 암튼 배짱 한번 좋구먼. 뭐 그런 식으로 웃어댔을 것이다.

큰빗줄가지나방 애벌레가 탱자나무를 자신의 터전으로 선택한 것은, 녀석만의 독특한 자신감의 표현이다. 이파리를 갉아 먹을 때를 제외하고는 가지와 가지 사이의 너른 공간에다 자신의 긴 몸을 활용하여 뒷발로 가지를 잡고 앞발을 쭉 뻗고 있다. 그 상태로 자벌레는 탱자나무 가지가 되어버린다. 절대 움직이지 않는다. 바람이 불어도, 새들이 와도, 비가 내려도, 아마 지진이 일어나서 땅이 갈라져도 그럴 것이다. 그러니 누가 그를 벌레라고 생각하랴. 말라죽은 가지라고 생각하겠지. 실제로 탱자나무에는 그렇게 말라죽은 가지가 몇 개 있었다.

수도승

이틀 만에 큰빗줄가지나방 자벌레의 모습이 확 달라졌다. 어제까지만 해도 진하고 여린 갈색과 초록이 뒤섞인 옷차림이었는데, 이제는 여린 갈색 옷을 입고 있었다. 사각진 모자의 까만 테두리는 더욱 진해졌다. 등허리 맨 뒤쪽에 있는 한 쌍의 짧은 돌기를 확인하는 순간, "넌 그때 우리 주말농장에서 보았던 그 자벌레구나!" 하는 말이 절로 흘러나왔다. 나도 모르게 악수라도 하고 싶었다. "이야, 네가 우리 탱자나무에서 살고 있을 줄은 몰랐네. 등 뒤에 있는 짧은 돌기랑 까만 테두리가 있는 모자를 쓴 모습을 보니 알겠어. 다른 자벌레라면 내가 고민하겠지만 너라면 얼마든지 살아도 돼." 그것은 농담이 아니라 진심이었다. 그

래서 애벌레 방으로 데리고 가려던 계획을 포기했다. 우선 자벌레가 원하지 않을 것 같았다. 또한 자벌레의 먹이가 탱자나무라는 한계가 있었다. 탱자나무를 뿌리째 파서 화분으로 옮길 수도 없는 노릇이고, 그 아까운 가지를 싹둑 잘라내서 물병에다 꽂을 수도 없었다. 이래저래 나는 자벌레를 방으로 모실 수 없었다.

큰빗줄가지나방 자벌레의 삶은 수도승만큼이나 경건하고 고요했다.

자벌레는 혼자 참선하면서 보낸다. 그러다가 배고픔이 찾아오면 느릿느릿 큰 걸음으로 이파리가 있는 곳으로 간다. 이때도 많이 먹지 않는다. 어찌나 적게 먹는지 식사 시간도 오래 걸리지 않는다. 밥 먹고 나서는 재빠르게 적당한 가지를 붙잡고 또다시 참선에 들어간다. 산책하거나 한가롭게 운동하거나 취미생활을 하지도 않는다. 오직 먹고 참선할 뿐이다.

특히 몸 관리에 철저하다. 절대 뚱뚱해지면 안 된다. 몸이 가늘고 길쭉해야만 그들 특유의 삶을 살아갈 수 있기 때문이다. 그러니 먹고 싶은 유혹을 철저하게 달래면서 살아야 한다. 그것이 자벌레의 운명이다.

나는 탱자나무 앞에서 자벌레를 보다가도 "어, 어딨지?" 하며 허둥거린다. 갑자기 증발해버린다. 그러다가 어느 순간에 "나 여기 있지롱!" 하듯이 자벌레가 눈에 들어온다. 그때마다 그 벌레가 마법을 부린다. 몸이 가늘고 길다는 것은 그만큼 시야를 혼란에 빠트린다. 움직임만 없으면 그것을 찾아내기란 쉽지 않다. 이들이 오랜 세월에 걸쳐 몸을 가늘고 길게 설계한 이유를 새삼 내가 검증한 꼴이 되고야 말았다.

어렸을 때는 개구쟁이 같고, 어느 정도 자란 뒤에는 수도 승 같은 큰빗줄가지나방 자벌레는 볼수록 기품이 있었다.

따뜻함

나는 수시로 큰빗줄가지나방 자벌레 앞에 앉아 차를 마셨다. 자연스럽게 옛날이야기가 나왔다. "넌 잘 모르겠지만, 너의 먼 조상님 중에서 한 분이 내 스승이야." 그랬다. 나도 모르게 언제부턴지 자벌레에게 주절주절 말을 하였다.

자벌레는 모자 쓴 얼굴을 내 쪽으로 향하고는, 그들 특유의 바람 소리 같은 말을 했다. "왜, 우리 조상님을 스승으로 모시는 거야?" 자벌레는 비가 올 것처럼 흐린 하늘에서 밝은 햇살이 내려오자, 상체를 들어 올리고는 앞발을 쭉 뻗었다. 그리고 길쭉한 몸을 리본 모양으로 꼬았다. 그 짧은 다리에, 작은 손가락 같은 앞발로 따뜻함을 만진다.

자벌레에게 햇살은 영원한 감촉이다. 따뜻함이 온몸으로 천천히 퍼진다. 그러면 심장의 움직임이 더 힘차지고, 몸이 너무 길어서 오지나 다름없는 짧은 발가락 끝까지 피들은 타박타박 걸어간다.

초식과 육식의 거리

"우리 딸이 어렸을 때야. 그때도 주말농장을 했지. 산 중턱에 있는 주말농장은 숲으로 둘러싸여 있고, 숲과 밭의 경계에 철조망 울타리가 있었어. 한번은 아이가 막 불러대는 거야. 아빠, 아빠, 어서 와 봐! 애벌레가 애벌레를 먹고 있어! 하, 그러니 누가 믿겠어? 애벌레가 육식을 한다니! 이 녀석이 날 골탕 먹이려고 그러는 거구나! 근데 하도 불러대니, 못 이기는 척 갔지. 아, 근데 아이가 손가락질하는 철조망에서… 자벌레 한 마리가, 다른 애벌레를… 너처럼 까만 테두리가 있는 모자를 쓴 갈색 자벌레가 초록색 애벌레를…"

나무에서 살던 벌레들이 어찌어찌하여 텃밭 철조망으로 내려오게 되었는데, 아래쪽으로 내려가기란 쉽지 않아서 그냥 옆으로 가야만 했다. 그러니까 넓은 철조망을 며칠간 빙글빙글 돌기만 한 셈이다. 철조망에는 먹을 게 없다. 결국 지치고 굶주린 벌레들은 서로를 잡아먹을 수밖에 없었다.

아이가 손가락질하는 자벌레를 보는 순간, 나는 한동안 멍해졌다. "아빠, 애벌레가 애벌레를 먹어!" 그 한마디에, 그동안 공부해온 생태에 대한 지식이 와르르 무너져버렸다. 그래, 맞다. 아무리 초식을 하는 벌레 종류라 해도, 어떤 절박한 상황이 되면 육식을 할 수 있다. 대자연에서는 반드시 그러하다, 혹은 절대로 그렇지 않다는 논리가 통하지 않는다.

자연은 늘 변한다. 살아가려면 그런 변화에 따라야 한다. 살아가려면 늘 새로움을 받아들이지 않으면 안 된다. 그래서 파랑새도 절벽에 있는 둥지를 고집하지 않고, 나뭇가지에 있는 까치집을 받아들이지 않았던가. 그동안 내가 얼마나 거만했던가. 나는 가슴을 쳤다. 생태란 절대적인 것이 없다. 왜 그 생각을 못 했을까.

속칭 생태주의자들

그때부터 나는 생태에 대해서 애써 알려고 하지 않았다. 이를 테면 꽃, 곤충, 동물들 이름을 굳이 기억하려 하지 않는다는 뜻이다. 그냥 그 존재를 느끼고, 인정하고, 존중해주면 된다.

인간이 생태에 대해서, 자연에 대해서 알아간다는 것은 불행한 일이다. 그만큼 상상력이 사라지고, 거만해지고, 독선적으로 변해간다. 그런 지식으로 무장한 사람들은 상대를 함부로 내리치고 거침없이 독설을 내뿜는다. 틀렸어도 절대 사과하지 않는다. 왜냐면 사과를 해야 할 상대가 소수이고, 약한 존재라고 생각하니까. 그들은 늘 정치적으로 진보적인 척을 한다. 그러나 삶은 독선적이고, 보수적이다. 그들 주위에는 추종자들이 광신도처럼 따른다. 그들은 그런 지식으로, 늘 누군가랑 비교하면서 독선의 무게를 키워간다.

꽃, 나무, 곤충들 이름 몇 개 더 안다고 생태주의자인가. 생태에 대한 지식을 많이 안다고 생태주의자인가. 농사에 대한 정보를 많이 안다고 농사를 잘 짓는 것은 아니다. 농부들은 먼저 지식을 습득하지 않았고, 스스로 쇠똥구리처럼 몸을 굴리면서 곡식들의 소리를 듣는다. 그들은 지식인들처럼 눈과 입으로 농사를 짓지 않는다. 농사란 손이나 발로 짓는 것이니까. 눈처럼 게으른 것이 없고, 손처럼 부지런한 것이 없다는 어머니 말씀이 새삼 떠오른다.

진정한 생태주의자는 벌레 같은 존재들이다. 입으로 말하지 않는다. 몰라도 상관없다. 책에서 뽑아낸 지식, 그것 몇 개를 더 안다고 타인들을 깔아뭉개지 않는다. 훈계하려고 하지 않는다. 늘 상대의 이야기에 귀를 기울이고, 조금이라도 자신의 말이 틀렸으면 반드시 상대에게 사과한다.

우리 마을에는 내가 존경하는 생태주의자 한 분이 살고 있다. 도대체 연세가 얼마나 되었는지 알 수 없을 만큼 늙었는데도 버스나 지하철에서 노약자석을 찾지 않는다. 작은 교회에서 일하는 그분은, 늘《녹색평론》을 가지고 다니면서 무시로 꺼내본다. 누구보다 자연생태에 대해서 많이 알지만 당신 지식을 절대 내세우지 않는다. 당신보다 나이가 한참이나 어린 사람이 말해도 늘 듣고만 있다. 그분의 호주머니는 항상 비닐봉투가 들어 있다. 걸어가다가 과자봉지나 빈 페트병이 있으면 그걸 꺼내서 주워 담는다. 그걸 버린 사람들 탓도 하지 않는다. 그냥 눈에 띄는 대로 주워 담을 뿐이다. 가끔씩 그분을 만나면 오래된 나무의 울림이 느껴진다.

신이 인간에게 생태에 대해서 알아갈 수 있는 능력을 준 것은, 그것을 무기 삼아 독선적인 삶을 살아가라고 특혜를 준게 아니다. 많이 알아가는 만큼 다양성을 존중하라는 뜻이다. 순리를 지키고, 삶에 대한 욕심을 내려놓고, 나와 다른 이의 생각을 존중해주라는 뜻이다. 남의 이야기를 들어주고, 자연과 더불어 살아가라는 뜻이다.

생태란 서로 다름을 이해하지 못하면 절대 받아들일 수가 없다. 다만 받아들인다고 착각할 뿐이다. 아무리 인간이 자연을 안다고 해도 어찌 다 알 수 있겠는가. 어떤 과학자가 평생 굴뚝새를 연구한다고 해도 어찌 그들의 삶을, 그들의 생각을 다 알겠는가. 그러니 생태계에서 절대적인 것이란 없다.

가령 굴뚝새는 계곡에서 살지 굴뚝에서는 살지 않는다, 이런 식의 절대적인 논리는 존재하지 않는다. 상황에 따라서 굴뚝새는 계곡에서도 살고, 굴뚝에서도 살고, 건축물 틈에서도 살아가니까.

단순하지만 은유적이다

나는 운 좋게 우리나라 1세대 과학자들하고 인연을 맺었다. 어류학자 최기철, 조류학자 원병오, 곤충학자 이승모. 그분들은 한 번도 당신들의 지식을 과시하지 않았다. 특히 최기철 선생님은 이렇게 말씀하셨다. "어떻게 인간이 생태에 대해서 옳다

그르다 말할 수 있겠어요? 그것은 오만입니다. 인간이 아무리 자연을 안다고 해도 그것은 일부일 뿐이고, 그것마저도 절대적인 것은 아닙니다." 나는 그때, 철조망에서 사는 자벌레들을 보면서 새삼 그분의 목소리를 떠올렸고, 나에게 큰 깨달음을 준 아이의 손을 잡고서 얼마나 고맙다고 중얼거렸는지 모른다.

때론 아이가 어른들에게 길을 가르쳐준다.

내 이야기를 들은 자벌레는 천천히 고개를 끄덕인다. 어리다고 해서 생각이 부족한 것은 아니라고 하더니, 벌레로서 한 생을 사는 것이 나쁘지 않다고 말을 이어간다. 벌레들은 혼자 산다. 혼자 생각하고, 판단하고, 이겨내고, 고통받고, 노래하고, 울고, 웃는다. 그것이 벌레의 삶이다. 그래서 벌레가 좋다. 누군가에게 상처 주지 않고 늘 정직하니까.

자벌레는 자신의 몸을 기둥처럼 긴 뒷다리에다 고정했다. 그러고는 아주 부드럽고 유연한 몸을 360도 이상으로 회전시켜서 내 쪽으로 다가올 수 있는 줄기가 있는지 확인했다. 탱자나무 옆에 라일락 나무가 있다. 자벌레는 라일락 가지를 향해 고무줄처럼 몸을 뻗었다. 그렇지 않아도 길쭉한 몸이 더 늘어나더니, 라일락 가지로 무사히 넘어왔다. 다시 자벌레의 목소리가 들렸다.

"결국 아이가 너에게 길을 가르쳐준 것이니까, 아이가 네 스승이야."

나는 고개를 끄덕였다.

"맞아. 그리고 너희 조상들도 내 스승이야. 그분들이 나한테 가르쳐줬잖아? 대자연 속에서는 절대적인 삶은 없다고. 그래서, 진짜 그래서, 네 생각이 많이 달라졌거든."

자벌레도 더 이상 말하지 않았다. 우리는 해가 저물도록 그곳에서 이야기를 나누고, 서로를 느꼈다. 자벌레는 가늘고 긴 몸을 거꾸로 매달리더니 리본, 갈고리, 타원, 파도 모양의 알 수 없는 글자를 허공에다 새기기도 했다.

겹겹이 밤새들이 메아리치는 밤이면, 자벌레는 꿈을 꾼다.

자벌레의 생은 우물 속처럼 깊고 고요하다.

자벌레의 삶은 단순하지만 은유적이다.

만약 이다음에 다른 생이 주어진다면, 저런 자벌레로 한생을 삭이고 싶다. 버티어보고 싶다. 아파하고, 억울해하고, 울다가 새의 부리에 걸려, 새의 살이 될지라도.

12

천상의 예술가, 비상하다

유리산누에나방 애벌레

나무는 자신의 살을 먹여서 또 다른 세상을 키운다.

추락

태양이 눈을 뜰 시간이다. 갑자기 골짜기를 급습한 바람의 근육은 거의 태풍급이라서, 아무런 방어책도 없이 그저 땅만 믿고 살아가던 굴참나무들은 쩔쩔맸다. 후드득, 후드득! 경고음 알리면서 강한 중력으로 무장한 빗방울이 나뭇잎을 때리더니, 새들이 둥지로 피할 새도 없이 들이닥쳤다.

굴참나무에서 살아가던 애벌레도 비바람의 서슬을 피할 수 없었다.

애벌레는 한순간에 추락해버렸다. 애벌레에게 나무란 집이고, 친구이고, 놀이터이고, 일터이고, 한 식구였으니 얼마나 불안했으랴. 애벌레는 머리를 최대한 길게 빼서 여기저기 두리번거렸다. 안타깝게도 근처에는 다른 나무조차 없었다. 애벌레는 지체할수록 자신에게 불리하다는 사실도 알고 있다. 녀석은 곧장 굴참나무 쪽을 가늠하고는 온몸의 근육을 이용하여 노를 저어가듯 발을 다그쳤다.

애벌레가 겨우겨우 굴참나무 아래까지 갔을 때, 위쪽에서 흙탕물이 백만대군 기세로 쏟아져 내려왔다. 그야말로 외통수였다. 애벌레는 가까스로 옆에 있는 작은 가지를 붙잡았다. 무시무시한 흙탕물이 그 가지를 휩쓸고 내려갔다. 다행스럽게도 흙 위로 드러난 다른 굴참나무 뿌리가 가지를 붙잡아주었다. 그때부터 애벌레는 종일 흙탕물 세례를 받으면서도 버티고, 또 버티었다.

딸과 함께 하는 숲속 산책

나는 하루에 한 번씩 어린 딸과 함께 산책하는 버릇을 키웠다. 바람이 풀꽃들을 데리고 걸어오는 숲길로 들어서면, 내가 풀꽃이 된 것 같기도 하고 바람이 된 것 같아서 몽롱했다. 나에게 산책이란, 그렇게 존재의 경계가 흔들림을 음미하는 시간이다.

그날도 숲속을 걷다가 불현듯 걸음을 멈추었다. 그때 애벌레가 눈에 들어왔다. 굴참나무 뿌리에 걸린 나뭇가지에서 땅으로 내려오고 있었다. 순간 나도 모르게 목덜미를 만지작거렸다. 손끝에서 깨어나는 물컹한 소름이 온몸으로 퍼져나갔다. 오랫동안 잊었던 애벌레에 대한 트라우마가 되살아나고 있었다.

개미들이 다가오자 애벌레가 달아난다. 그것은 너무나도 불공정한 시합이다. 추격하는 쪽은 단단한 갑옷으로 무장하고 있다. 게다가 애벌레의 살가죽을 잘라버릴 수 있는 날카로운 턱까지 갖췄다. 아니나 다를까. 개미가 물어뜯자 애벌레는 고통스럽게 몸부림친다. 그러자 어린 딸이, "아빠, 애벌레가 불쌍해." 하더니 용감하게 손으로 애벌레를 집어서 근처 굴참나무에다 올려주었다. 순간 내 유전자를 가진 아이가 아니라, 이 숲속 생명을 조율하는 요정으로 보였다.

연초록색 통통한 애벌레는 양쪽 옆줄이 까맣다. 등에도 희미하게 까만색이 남아 있는 것으로 보아 더 어렸을 때는 온통 까맸을 것이다. 몸에 수십 개의 돌기가 돋아나 있고, 그 끝에는 날카로워 보이는 털이 삐죽삐죽 솟아 있다. 딸은 전혀 두려움이 없이 애벌레를 만진다. 다행히도 털은 위협용이었을 뿐 독이 장전된 상태가 아니었다.

딸이 나뭇가지에다 올려준 애벌레는 안타깝게도 다시 추락하고야 말았다. 땅에 떨어진 애벌레는 손으로 건드려도 움직

이지 않았다. 그제야 딸이 간절하게 도와달라는 눈빛으로 나를
보았다. 조금이라도 고개를 흔들었다가는 울음이 터져버릴 것
같았다.

애벌레에 대한 트라우마를 갖고 있었던 나는 그저 한숨만
내쉬었다. 그나마 다행인 것은 아직 너무 작아서 그런지 아니
면 흙투성이 애벌레가 너무 안쓰러워서 그랬는지 트라우마의
진도가 큰 파장이 되지는 않았다.

나는 작은 막대기를 애벌레 앞으로 내밀었다. 어처구니없
게도 그 순간 손이 떨린다. 나는 간신히 굴참나무 위에다 애벌
레를 올려주었다가 바람이 불자 나도 모르게 고개를 흔들었다.
애벌레는 다시 추락했다.

벌레 트라우마

딸이 애벌레를 집에 데려가서 기르자고 선언하고는, 작은 손아
귀에다 애벌레를 올려놓았다. 그럴수록 내 마음은 무거웠다. 나
는 직접 애벌레를 키워본 적이 없다. 게다가 언제부턴지 나는
애벌레에 대한 트라우마의 숙주가 된 상태였다.

아마도 내가 열두 살쯤이었을 것이다. 그날은 이웃집 점숙
이 누나가 일하고 있는 고구마밭 가에서 꼴을 베고 있었다. 점

숙이는 어린 여자답지 않고 손끝이 야무지고 역동적이어서 늘 어른들 입에서 칭찬이 마를 새가 없었다. 농사를 세상의 근본으로 여기던 시절이었다면 마을에서 일등 신붓감이었을 것이다.

나는 점숙이가 흥얼거리는 노래에 취해 있다가 순간적으로 벌떡 일어났다. 뭔가 내 목덜미에 착 달라붙었다. 그걸 만지는 순간 비명을 지르면서 폴딱폴딱 뛰었다. 점숙이가 낄낄대면서 다가왔다. 나는 물컹한 것이 점숙이의 손에서 날아왔음을 직감했고, 어서 떼어달라고 마구 욕설을 퍼부으면서 울부짖었다.

점숙이는 제대로 중심을 잡지 못할 정도로 한판 제대로 웃어대고 나서야, "이까짓 벌레 때문에 우냐, 이 바보야!" 파란 애벌레를 떼어내서 눈앞으로 내밀었다. 깨벌레라고 부르는 박각시 애벌레였다. "집에서 누에까지 키우면서, 이까짓 벌레가 무섭다고 그러냐?" 나는 화가 나서 누에는 벌레가 아니라고 맞받아쳤다. 점숙이는 어이없는 눈빛으로, 그럼 벌레가 아니고 뭐냐고 따졌다.

순간 가축이라는 말이 튀어나왔다. 누에는 생김새만 벌레하고 닮았을 뿐, 인간이 기르는 가축이라고. 그리고 누에가 벌레라면 어떻게 번데기를 먹을 수 있냐고. 점숙이는 그만 피식 웃고는, 논리적으로는 말도 안 되는 소리지만 오늘은 내가 봐준다는 식으로 슬그머니 물러났다. 그런 점숙이가 얼마나 고마왔는지 모른다.

하얀 벌레가 바글바글한 방

그때부터 내 몸속에는 애벌레에 대한 트라우마가 뿌리를 내렸고, 애벌레만 보면 진저리치면서 목덜미를 문지르는 버릇이 생겼다. 뭔가 물컹한 것만 잡히면 온몸이 굳어졌다. 그러니 딸이 애벌레를 데려가서 키우자고 했을 때, 처음으로 그놈이 원망스러울 정도였다. 그러다가 누에를 떠올렸다.

　나는 경기도 임진강이 굽이치는 강변에서 살다가 여덟 살 때 전라도 함평 본가로 합류했다. 내 키보다 높은 흙마루로 꾸역꾸역 올라가자 안방에서 빗소리가 들렸다. "방에서 빗소리가 나요!" 할머니는 내 말을 듣고는 봄볕이 자글자글 끓는 듯 웃더니, 곧장 안방으로 안내했다. 세상에나! 방안에는 하얀 벌레들이 바글바글했다. 빗소리는 하얀 벌레들이 뽕잎을 갉아 먹는 소리였다. 충격적이었다. 아니, 왜 벌레를 키울까. 할머니는 하얀 애벌레를 누에라고 불렀다. 오랜 옛날부터 누에가 만든 고치로 실을 만들고, 옷도 만들게 하니까, 아주 고마운 벌레라고 읊조렸다. 아, 벌레도 사람이 키우는구나! 나는 처음으로 그런 사실을 알았다.

그날 밤 누에들 근처에다 이불을 깔자, 나는 불안해서 눕지 못하고 앉아서 꾸벅꾸벅 졸았다. 그러다가 누에들이 할머니의 통제를 잘 따르고, 정해진 곳을 벗어나는 경우란 거의 없다는 사실을 알았다.

나는 그런 기억을 떠올리면서 어린 딸에게 애벌레를 잘 키워보자고 등을 토닥여주었다. 싸리나무로 작은 채반도 만들었다. 누에처럼 채반에다 밥을 주면서 애벌레를 키울 작정이었다. 숲에서 데려온 것은 누에 사촌인 유리산누에나방 애벌레였다. 아주 오랜 옛날에는 유리산누에나방 애벌레도 누에와 더불어 인간들이 키웠다. 누에는 하얀 실을 뽑아내고, 유리산누에나방은 초록 실을 뽑아낸다. 염색기술이 발달하자 사람들은 더 이상 초록 벌레를 키우지 않았다. 산누에나방의 실보다 더 질이 좋은 누에의 실을 염색하여 쓰는 것이 훨씬 나았기 때문이다.

나는 유리산누에나방 애벌레를 누에라고 생각했다. 그래야 내가 편안했다. 할머니는 누에의 나이에 따라 뽕잎의 크기를 조절했고, 갓 알에서 깨어난 까만 애벌레에게는 잘게 썰어서 주었다. 까만 애벌레는 점점 커지면서 하얗게 변했고, 그에 맞게 뽕잎의 크기도 달라졌다. 그런 기억을 가늠해보니, 지금 이 녀석은 아직 어린아이였다. 그래서 참나무잎을 잘게 잘라서 채반에다 뿌려주었다.

한마리 야생동물

딸은 유리산누에나방 애벌레에게 '통통이'라는 이름을 지어주었다.

애벌레는 싸리나무 채반이 마음에 들지 않는지 자꾸 불편한 기색을 드러내면서 기어 나왔다. 잘게 썰어준 잎도 먹지 않았다. 순간 엄마 없는 젖먹이 아기를 떠맡은 심정이었다. 애벌레는 벽으로 가서 기어오르려고 했는데, 그 융통성 없는 수직을 기어오른다는 것은 불가능했다. 몇 번이나 벽에서 떨어진 통통이는 그 충격으로 배를 뒤집은 채 움직이지 않았다.

그것은 한 마리 야생동물이었다. 길들여진 누에하고는 전혀 달랐다. 나는 좁은 채반에서는 절대 키울 수 없다는 사실을 깨달았다. 새삼 누에라는 생명을 다시 떠올렸다. 인간에게 자신의 생을 통째로 의지하기까지 얼마나 많은 고뇌를 했을까. 얼마나 많은 시간이 걸렸을까. 그래, 누에도 태초에는 숲에서 살았으리라. 그러다가 인간이랑 오랫동안 밀당의 시간을 가졌고, 그러고 나서야 인간이 그들의 삶을 책임지게 되었다. 대신 그들은 인간이 만들 수 없는 명주실을 주었다. 그렇게 그들은 서로

를 인정하고, 동맹군으로 살아가게 된 것이다. 그런 역사를 무시하고 섣부르게 이 애벌레에게 누에의 삶을 강요한 셈이다.

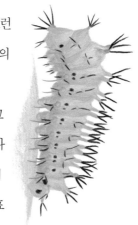

나는 부랴부랴 굴참나무 가지를 베어왔다. 그것을 물항아리에다 고정하고 애벌레를 가지에다 올려놓았다. 바람이 없어서 그런지 애벌레는 떨어지지 않았고, 엄마의 품에 안긴 것처럼 편안한 표정을 지었다.

트라우마를 치료해준 마법사

다음 날 아침, 나무 밑에는 애벌레의 똥이 떨어져 있었다. 까만 나팔꽃 씨앗 같았다. 그러고 보니 애벌레는 나팔꽃을 닮았다. 둘 다 밝은 햇볕을 좋아하고, 둘 다 높은 곳으로 오르려고 하는 습성을 갖고 있다. 순간 햇살 한 줌 마실 나오지 않는 방에다 벌레를 살게 할 수 없다는 생각이 들었다. 우리 집은 아파트 1층이었고, 베란다 앞쪽에는 우리만이 쓸 수 있는 작은 정원이 있다. 나는 그곳으로 굴참나무가 꽂혀 있는 물항아리를 옮겨주었다.

그로부터 이틀 뒤에 애벌레는 어린 티를 완전히 벗었다.

까만 옆줄이 사라지더니 온몸이 초록색으로 변했다. 청년이 된 것이다. 그리고 2주일쯤 지나자 뾰족뾰족한 가시털이 사라졌다. 이제 가시털이 없어도 세상이 두렵지 않다는 뜻이다. 가시털이 사라지자 애벌레는 훨씬 의젓해 보였다. 까칠까칠한 사춘기의 언덕을 무사히 넘어서 어느덧 어른의 시간으로 접어든 것이다.

애벌레는 강한 동물이었다. 새들이 오면 움직임을 멈추었고, 비가 내리면 볼록볼록 둥그렇게 생긴 짧은 뒷다리로 나뭇가지를 붙잡고는 몸을 약간 일으켜 세운 다음 들이치는 빗방울을 온몸으로 받아낸다. 그 짜릿함을 온몸으로 즐긴다. 동네 아이들은 무시로 우리 집을 드나들었다. 애벌레 역시 아이들이 자기 편이라는 것을 알고 있었다. 그래서 아이들이 다가오면 가만히 귀를 기울여주었고, 아이들의 말랑거리는 손이 다가와도 전혀 놀라지 않다가, 누군가 짓궂게 연필 같은 것으로 건드리면 "싫어, 하지 마!" 하고는 머리를 옆으로 휘저었다.

그제야 아이들은 애벌레가 정확하게 감정을 표현한다는 사실을 받아들였다.

그때부터 아이들은 애벌레를 가만히 지켜보았다. 때로는 지켜보는 것만으로도 상대에게 힘이 되고, 상대에 대한 배려이고, 존중하는 것임을 아이들은 나보다 빨리 깨달았다. 그렇게 날마다 애벌레를 지켜보다 보니, 내 기억 속에다 단단하게 뿌리고 내리고 있던 트라우마가 어느 순간 사라져버렸다. 믿을 수 없는 일이다.

자신의 살로 짓는 집

유리산누에나방 애벌레가 우리 집에 온 지 40일쯤 되었을까. 어느 날 아침부터 애벌레가 일을 시작했다. 미라가 되어서 살아갈 집을 지어야 했다. 애벌레는 입에서 실을 뽑아 굴참나무 잎자루가 연결된 나무줄기에다 붙였다. 실은 잘 보이지 않았지만 아주 질겼다.

애벌레는 자신의 살로 집을 짓는다. 그러니까 집이란 살아 있는 생명체다.

애벌레는 푸른 몸을 굴리고 또 굴리면서 하염없이 제 살을 뽑아낸다. 그렇게 누구한테도 배운 적이 없는 목수 일을 노련한 몸놀림으로 이어간다. 한 올 한 올 실을 뽑아서 나뭇가지에 붙들어 맬 때, 그의 입은 세상에서 가장 숙련된 목수의 손이 되었다. 어느 정도 두꺼워진 실은 집이 나뭇가지에 대롱대롱 매달리게 될 생명줄이었다.

기초공사를 끝나자 본격적으로 집을 짓기 시작했다. 애벌레의 머릿속에는 정밀하게 그려진 집의 설계도가 들어 있다. 우선 엉성하게 타원형으로 집을 지어간다.

나무에 매달린 모든 것들은 그렇게 둥글둥글하다. 둥글둥글하다는 것은 자연의 오래된 전통이다. 그런 전통을 무시한 채 각지고 네모반듯한 집을 짓는 동물은 인간들뿐이다.

애벌레는 뒷다리를 나뭇가지에다 꼭 붙인 채 몸을 쭉 늘였다 폈다 되풀이하면서 집 모양을 만들어간다. 그러다 자기 몸이 쏙 들어갈 정도로 얼개가 짜이자 그때부터 일하는 속도가 더 빨라진다. 애벌레의 입안에는 실을 빠르게 뽑아내는 물레가 설치되어 있는 것 같았다. 애벌레는 그 수많은 실의 위치를 하나하나 기억하고 있어서, 위와 아래 옆과 옆을 정확하게 배분하면서 벽을 엮어나갔다.

이따금 내가 호기심을 참지 못하고 파란 집을 손으로 만지면, 애벌레는 아주 예민하게 반응하면서 손으로 전기가 통하듯이 강렬한 진동을 보내왔다. 나는 흠칫 놀라면서 얼른 손을 들었다. 중요한 일을 하고 있으니 제발 귀찮게 하지 말라는 경고의 메시지다.

이 목수도 자기 몸에 비해서 터무니없이 작게 집을 설계하였다. 비록 지금 일을 할 때는 힘들겠

280

지만, 최대한 실의 낭비를 줄이고 공사를 빨리 끝내기 위해서는 어쩔 수 없다. 한번 뽑아낸 실을 계속 이어가면서 작업하기 때문에, 작업은 물이 흐르듯이 연속성을 띠고 있다. 그는 맨 위쪽에다 실을 뽑아서 벽에다 붙이고는 맨 아래쪽으로 실을 끌고 갔으며, 다시 반대편 벽을 지나 맨 위쪽으로 올라간다. 그래도 몸을 자유자재로 구부릴 수가 있고, 주름진 마디와 마디 사이를 최대한으로 밀착시켜서 몸을 움츠린다. 어떨 때는 몸이 절반 이하로 줄어들기도 하고, 활처럼 휘어지기도 한다.

환생을 위한 자궁

밤이 되고 새벽이 되어도 쉬지 않았다. 벌레 목수는 건축물의 미학적인 측면을 각별하게 신경 쓴다. 애초에 설계된 대로 건축물은 표주박 모양으로 변해간다. 건축물의 위쪽 둘레는 약간 작았고, 가운데 쪽으로 가면서 불룩하게 커졌다. 실과 실 사이는 거의 틈이 없을 정도로 잘 메워진다. 그저 재주라고는 꿈틀거리는 것밖에 없었던 벌레는 아무도 흉내 낼 수 없는 예술작품을 완성해가고 있었다.

애벌레는 맨 마지막으로 표주박의 주둥이처럼 생긴 곳을 실로 막았다. 그곳은 나방이 세상 밖으로 나갈 수 있는 비상탈

출구였다. 다른 곳과는 달리 자신의 침을 바르면 실이 스스로 녹아내릴 수 있도록 특수한 실을 사용했다.

아직 공사가 끝난 게 아니었다.

미장공사가 남았다. 건축물 안에는 아무런 빛도 없다. 어둠 속에서 이 노련한 건축가는 자기 입에서 토해낸 특수미장 재료를 집 안쪽 벽에다 골고루 발랐다. 그 어떤 연장도 필요하지 않다. 오직 입으로, 몸을 위아래로 돌려가면서 작업을 하였다. 기름기가 섞인 특수한 재료는 집 안을 기름종이처럼 반질반질하게 변화시켰다.

집은 애벌레에게 새로운 환생을 위한 또 다른 자궁이다. 그래서 비밀스러운 것이고, 신의 영역이었다. 빛도, 소리도, 바람도 들어올 수 없다. 그가 지은 집은 가장 자연에 가깝고, 가장 완벽했고, 가장 아름다운 건축물이다.

금기사항

나는 몇 번이나 애벌레의 집을 엿보고 싶은 충동으로 몸을 떨었다. 어린 시절의 아픈 기억만 없었다면 엿보고야 말았을 것이다. 누에가 집을 짓자, 나는 하얀 집 하나를 빼돌렸다. 그리고 며칠 뒤에 가위로 하얀 집을 잘라내다가 그만 "하악!" 하고 짧게 탄식하고야 말았다. 누에는 아직 미라가 되지 않은 상태로 그냥 쪼그라들어 있다가 원망하듯이 나를 쳐다보았다. 그때 어찌나 민망하고 미안하던지 서둘러 그 안에다 넣어주었다.

그날부터 누에가 죽으면 어쩌나, 미라가 되지 못하면 어쩌나, 하는 걱정으로 하루하루가 편안하지 않았다. 마치 옛이야기 속에 나오는 어떤 금기사항을 어긴 듯한 기분이었다. 안타깝게도 누에는 미라가 되지 못하고 죽어버렸다. 그것이 내 탓 같아서 얼마나 괴로워했는지 모른다.

미라의 집 속으로 사라진 유리산누에나방 애벌레는 두 달이 지나도 아무런 소식이 없었다. 날씨는 하루하루 빠르게 변했다. 점점 찬바람의 기세가 강해졌다.

10월의 마지막 날이었다. 나는 외출했다 들어오다가 미라의 집에 붙어 있는 노란 생명체를 보았다. 노란 나방은 표주박 같은 집 맨 위쪽을 열고 나왔다. 몸에 달린 날개는 작고 구불구불했다. 그것이 점점 커지면서 펼쳐지고 있었다. 딸은 새롭게 환생한 나방을 '늦나돌이'라고 불렀다. 늦게 세상으로 나왔다는 뜻이다.

새로운 환생은 그만큼 오랜 시간이 필요하다. 모든 것이 다 바뀌게 되기 때문이다. 얼굴, 몸 구조, 심장의 위치, 뇌의 위치까지. 완전히 다른, 새로운 생명이 되는 것이다. 애벌레, 미라,

그리고 나방. 애벌레는 그렇게 세 번의 삶을 사는데, 맨 마지막의 삶이 가장 화려하다. 이러한 변신은 그들 자체의 부단한 노력이요 역사다. 혼자만의 힘으로는 불가능했고, 그의 수많은 조상이 수만 년간의 몸부림 끝에 이루어낸 고통의 결과물이다. 그래서 더 아름답다. 그들은 결과보다 그런 과정을 중시한다. 현재의 삶을 열심히 살아야 하고, 조상이 물려준 전통을 지켜야 하고, 그러면서 늘 새로움을 받아들여야 한다. 그래야만 그들의 미래도 행복할 수 있다. 애벌레는 날마다 그런 세상을 꿈꾸며 살아간다.

살아 있는 화석

나는 유리산누에나방을 데리고 그가 살았던 숲으로 갔다. 푸른 빛을 잃어버린 가을 숲은 불현듯 지난 것들을 돌아다보게 하였다. 나는 작은 애벌레를 처음 만나던 순간을 떠올렸다가, 천천

히 노란 생명체를 굴참나무 이파리에다 올려놓았다. 바람이 나뭇가지를 흔들면서 나방의 귀환을 환영하자, 온갖 색깔의 나뭇잎이 눈 멀미를 일으키며 날아올라 춤을 추었다. 나뭇잎은 생의 마지막이 되어서야 그렇게 나무의 고삐에서 풀려났다. 허공의 경계까지 솟구쳐 올랐다가, 갑자기 추락하기도 하고, 다시금 위로 솟구쳤다.

뭔가 이상했다. 세상에나! 그렇게 춤을 추는 나뭇잎 속에 나방들이 섞여 있을 줄이야! 그들은 바람의 비트에 맞춰 한 타령으로 춤을 추었다. 이 순간에는 나뭇잎이냐 나방이냐 하는 것은 아무런 의미가 없다. 그들은 다 같이 나무가 떠나보낸 피붙이였다. 나무는 자신의 살을 먹여서, 또 다른 세상을 키운다. 밤마다 별들의 운행을 보면서, 그곳까지 날아가는 꿈을 키운 나무들은, 제 살을 먹여 키운 것들을 아낌없이 날려 보낸다. 그러니까 나무야말로 애벌레들의 절대적인 후원자다.

어지러울 정도로 춤판은 절정으로 치달았다. 그러다가 한 마리가 극적으로 우리 집에서 깨어난 유리산누에나방 쪽으로 날아오더니, 순간 멈칫했다가, 와락 껴안았다. 그들은 화석처럼 움직이지 않았다. 넋을 놓고 보고 있던 나는 손을 흔들었다. "잘 가라, 늦나들이야! 꼭 너를 시집보내는 것 같구나!" 먼 훗날 딸이 출가하면 이런 기분일까, 그런 묘한 느낌에 당황하면서 비틀거렸다. 유리산누에나방 애벌레랑 살았던 시간이 황홀했다.
행복했다. 나랑 인연을 맺어주어 고맙다.

그러다가 문득 걸음을 멈추고 뒤돌아보면 꼭 누군가 있을
것만 같아 자꾸만 불러보고 싶고, 뛰어가고 싶은 그런 숲길이
영원 속으로 이어지고 있었다.